Kus van je zus

Jowi Schmitz bij Uitgeverij Cossee

Leopold

Jowi Schmitz
Kus van je zus

Cossee
Amsterdam

De auteur heeft voor deze publicatie een stimuleringsbeurs ont-
vangen van de Stichting Fonds voor de Letteren Amsterdam.

Misschien denkt u personen in dit boek te herkennen.
Dit berust dan op een misverstand. De realiteit in een roman
is altijd anders dan de werkelijkheid.

© 2007 Jowi Schmitz
en Uitgeverij Cossee bv, Amsterdam
Omslagillustratie Brigitte Sporrer/Zefa/Corbis
Boekverzorging Marry van Baar
Foto auteur Bert Nienhuis
Druk Hooiberg, Epe

ISBN 978 90 5936 045 7 | NUR 301

Opgedragen aan: de Goulash Movement.

I

'Ze gaat dood!' huilt mijn moeder nog voor ik iets kan zeggen. Ze moet ergens buiten zijn, op de achtergrond hoor ik het razen van de regen. Mijn voeten zijn opeens ijskoud. Mijn moeder zegt dat ze voor het ziekenhuis staat. Marrit is met spoed op de ccu, de hartafdeling opgenomen. 'Ze denken aan een auto-immuun ziekte! Waar was je nou?'

Ik knijp in de telefoon. Mijn handen zijn ook koud. 'Auto-immuun?'

Mijn moeders stem is hoog en snel. De wind blaast vrijwel alle verstaanbaarheid uit haar telefoon. 'Ik weet het ook niet,' zegt ze, 'ik weet het niet! Kom je?'

Mijn jas moet in de keuken liggen. Echie rent met geheven staart achter me aan.

'Ze gaat toch niet echt dood?'

'Kom nou maar,' roept mijn moeder en hangt op.

In de keuken zak ik op mijn knieën en stop mijn gezicht in Echies vacht.

Een windvlaag doet de ruit rillen en Echie rent geschrokken weg. Mijn kat is nog laffer dan ik. Ik bel Herman. Hij neemt niet op.

Als ik de deur uit stap waait mijn jas open. Ik kreeg hem niet dicht met mijn ijskoude vingers. Dat is normaal bij mensen in paniek. Op mijn werk hebben we wel eens 'rampenreconstructies' gefilmd, met spannende muziek en een voice-over. 'Ze stapte de deur uit en keek verwilderd om zich heen,' zegt 'de Stem' van het programma dan. Rampenreconstructies zijn altijd zwart-wit. Het weer past er vandaag goed bij.

Was Herman maar hier.

'Dat ik jou híer nú tegenkom!' riep Marrit opgewonden toen ik mijn kersverse vriendje voor het eerst aan haar voorstelde. Hoe lang is dat geleden? Een jaar of vijf?

'Wat zalig om je weer te zien!' Ze greep Hermans hand en kneep erin.

Het was mijn verjaardag en ik had wat mensen van mijn werk uitgenodigd, maar die hadden allemaal afgebeld. We zaten met zijn drieën op het bed, ik in het midden. Mijn zus stiftte haar lippen wat roder en vertelde Herman nog een keer hoe zalig ze het met hem had gehad, die ene keer. Het was op een feestje van 'een vriend' en ze waren allebei dronken geweest. Herman was haar 'tussendoortje'.

Ze stootte in mijn zij alsof ik dat allang wist.

'Toevallig zeg,' kon ik nog net uitbrengen. Daar moesten ze allebei hard om lachen.

Ik probeerde Marrit mee te trekken naar de keuken, maar ze reikte met haar lange arm over me heen en aaide Hermans blonde haar. Gestaag klokte ze witte wijn naar binnen, haar glas zat onder de rode lippenstift. 'Zou je niet eens terug naar Berend?' vroeg ik, maar in plaats daarvan liet ze zich achterover op het bed vallen en lalde dat haar nieuwe sportschool zulke goeie spieren kweekte. 'Voelen?'

'Fraaie zus heb jij,' grijnsde Herman toen ze eindelijk weg was. Hij straalde zoals alle mannen straalden na Marrit. Ze was lang en best knap, maar haar magie had te maken met de manier waarop ze naar mannen keek. De manier waarop ze net iets te lang in hun ogen keek. En met haar aanrakingen. Marrit kon heel goed aanraken.

Ik hou me vast aan de reling van de galerij. Herman en ik wonen in een piepklein appartement boven in een flatgebouw, ver van het openbaar vervoer. Onder me ligt de parkeerplaats, maar ik heb geen auto. Herman heeft een auto en Herman is weg. Hij zit diep in België, waar hij luxe sanitair aan hotelketens verkoopt.

Vroeger pakte ik wel eens direct uit mijn werk een trein zijn kant op en bij aankomst doken we dan met de voltallige minibar in het hotelbad. In mijn tas zit nog altijd een badeendje, voor het geval dat.

In een reconstructie wordt dit deel eruit geknipt. Het besluiteloos bedenken wat er moet gebeuren. Ik moet nú wat doen. Sneller moet het. Maar snelheid is mijn kracht niet. Snelle Marrit en trouwe Vera waren we vroeger altijd. Het trouwe zusje, dat was ik.

De regen slaat in mijn gezicht.

Ik zie Marrit van vroeger voor me. Toen ik op onze gedeelde slaapkamer verhalen voor haar verzon. Over een wereld waarin ik kon vliegen en zij overal een oplossing voor had. Marrit en Vera, superzusjes.

'Doe het dan,' fluisterde ze vanuit haar bed dat tegen de andere muur van de zolderkamer stond 'Jat wat koekjes beneden. Dapperheid moet je oefenen.'

'Was jij ook bang, toen je zo oud was als ik?' vroeg ik vanonder de dekens.

'Ik heb geoefend,' klonk het uit het andere bed.

'Echt?' drong ik aan.

'Wat ik drie keer zeg, is echt echt echt.'

Als Marrit wist hoe vaak ik aan haar dacht, zou ze nooit over gebrek aan aandacht klagen.

Ik speur de galerij af – 'ze speurt de galerij af,' zegt de Stem – of er niet toevallig iemand aan komt lopen. Alsof hier ooit toevallig iemand aan komt lopen.

Ik ben te langzaam. Er verstrijken te veel seconden. Mijn

zus ligt in het ziekenhuis. Ze gaat dood, zegt mijn moeder. Ik moet haar redden. Ik moet bij haar zijn.

'Haar zus was stervende,' zegt de Stem, 'en zij moest haar redden, maar hoe, dat wist ze nog niet.' Met mijn vuisten op mijn slapen probeer ik de Stem uit mijn hoofd te wrijven.

'Ik wil geluk,' wens ik en maak het speciale teken voor geluk in de lucht. Het is een teken dat Marrit en ik vroeger maakten en ik geloof er niet echt meer in, maar ik heb genoeg reconstructies gezien om te weten dat toeval en verlangen altijd met elkaar samenhangen.

Eigenlijk moet ik er ook nog hardop bij praten, maar daarvoor is de commentaarstem nog niet ver genoeg uitgedreven. 'Als je het niet hardop uitspreekt wil je het niet graag genoeg,' zei Marrit altijd. Ik verzon de verhalen, zij stelde de regels op.

Nog meer seconden verstrijken, ik begin de galerij af te lopen. Ik stop. Ik leun over de reling en kijk of er op de parkeerplaats beneden niet net iemand naar zijn auto loopt. Ik maak nog een keer het geluksteken en nu zeg ik er hardop 'help!' bij.

'Tegen wie praat je?' hoor ik achter me.

Ik draai me razendsnel om. Het is mijn buurman.

'Heb jij een auto?' vraag ik. 'Dit is een noodgeval.'

2

Marrit is omringd door machines. Haar ogen staan waterig, maar ze lijkt in een opperbest humeur. Haar donkerblonde krullen liggen in een waaier op het kussen, alsof ze in een parfumreclame speelt.

Onder haar bed zitten allerlei plastic voethendels. Duw je op de ene dan gaat het hele bed zacht zoemend omhoog, duw je op een andere, dan stijgt alleen de voor- of achterkant. Een streng kijkende, forse zuster heeft na onze komst Marrit iets omhoog gezet. 'Ik wil ook wel zo'n machinepark in mijn huis,' zeg ik. 'En ik zou ook wel zuster willen zijn, dan kon ik de hele dag met je bed spelen.' We grinniken. Zie je wel dat het meevalt.

'Als je had gebeld,' zeg ik, 'was ik er eerder geweest.'

Ze zwijgt.

Mijn moeder kijkt afkeurend naar mijn haren die nat zijn van de regen. Ze houdt er niet van als ik er 'verward' uitzie. Haar ogen glijden van mijn haar naar mijn zwaaiende armen, volgens pappa dé truc om ze weer warm te krijgen. Mijn moeder maakt een handgebaar waarmee ze 'dimmen' bedoelt. Ik duw mijn ijskoude handen onder mijn oksels.

Een dokter – 'Dokter Raf' – komt binnen om naar de apparaten te kijken, op de voet gevolgd door de dikke zuster. 'Ik dacht dat dokters in ziekenhuizen maar een keer per dag langskwamen,' zegt mijn moeder. De dokter glimlacht: 'Hier niet.'

Hij heeft een brede kaaklijn en donkere wenkbrauwen. Hij lijkt een beetje op een Indiase variant van Derek Shepherd, uit een ziekenhuisserie waar ik verslaafd aan ben. Mijn moeder begint hem fluisterend vragen te stellen.

'Ik zie overal mooie mannen,' zegt Marrit, met eerst een knikje naar de dokter en dan naar mijn buurman, die zich zo ver mogelijk op de achtergrond houdt. Eigenlijk wilde hij in de wachtkamer blijven, maar ik heb hem mee naar binnen getrokken. Marrit steekt haar dunne arm bevallig naar hem uit. Ze ziet er helemaal niet uit alsof ze doodgaat. Hij doet een stap naar voren en zegt: 'Simeon Huurman, de buurman.'

'Dag Huurman de Buurman, ik ben Marrit Meyer,' zegt ze. Ze aait de palm van zijn hand. 'Ben jij de nieuwe held van mijn zus?' Dan zucht ze alsof het haar laatste adem is en doet even haar ogen dicht. Het staat haar uitstekend, dat doorschijnende.

Ik heb Simeon onderweg naar het ziekenhuis gewaarschuwd voor haar theatrale neigingen. Marrit doet net of ze écht in je geïnteresseerd is, zei ik. Maar ze is alleen geïnteresseerd in zichzelf en vroeger misschien nog in Berend, haar jeugdliefde.

Ik zie Simeon nu al denken dat hij daar wel iets aan kan veranderen. Hij is knap, mijn buurman. Zeker met de blossen die hij nu op zijn wangen heeft. Herman heeft de bijnaam 'Ravenhaar' voor hem bedacht, omdat hij zo uit een ridderfilm weggelopen zou kunnen zijn. Ik hoop dat hij bestand is tegen Marrits charme.

'Ik zag je voor mijn raam staan,' zei Simeon in de auto onderweg naar het ziekenhuis, 'je maakte van die rare bewegingen met je hand.' Het geluksteken had toch maar mooi gewerkt, dacht ik op dat moment.

We kijken allemaal naar de dokter, die een machine bijstelt. Als hij klaar is, grijpt mijn moeder zijn witte jas en fluistert te hard: 'Komt het wel goed, dokter?' De dokter glimlacht: 'We gaan ons best doen.'

Meteen is daar weer de commentaarstem in mijn hoofd. 'De dokter zei dat hij zijn best ging doen.' In ons item komt daar altijd een dreigend 'maar' achteraan. Ik begin mijn armen weer warm te wapperen.

De dokter zet mijn moeder op een klapstoeltje naast het bed en loopt naar de zuster die op instructies staat te wachten. Ze heeft een wit verpleegsterspakje aan, dat van haar dikke lijf een ballon maakt. Uit mijn moeder begint gemompel op te stijgen: ze bidt. Marrit kijkt me met een blik van verstandhouding aan.

Ik probeer nog een keer te bedenken dat ze misschien doodgaat, maar het lukt niet.

'Wat heeft de dokter tegen je gezegd?' fluister ik.

Marrit sluit opnieuw haar ogen en doet ze dan snel weer open, zodat het blauw achter die lange wimpers extra opvalt. Ze ademt diep in en kucht even. 'Dat hij nog niet weet hoe ernstig het is, omdat hij "de exacte feiten nog boven tafel moet krijgen".' Ze doet zijn stem na. Ze geniet van alle aandacht.

'Maar hij zei ook dat het goed gaat,' zeg ik. Ik kijk de dokter na, die samen met de zuster wegloopt.

Ze kucht weer. Haar andere hand glijdt even langs haar voorhoofd en dan naar mijn arm, ze grijpt me vast. Ik kijk zo niks-aan-de-hand-mogelijk naar Simeon, maar Simeon kijkt niet naar mij.

'Het voelt niet goed,' zegt ze hees.

Ik lach hard om de commentaarstem in mijn hoofd het zwijgen op te leggen. Opnieuw probeer ik Simeons blik te vangen, een medestander zou handig zijn. Waar is Herman, verdomme?

'Wat naar nou,' zeg ik.

Het zeil op de vloer is brokkelig geel afgewisseld met stemmig oranje. Het lijkt op de meerkleurige pastelkleden die in hotels op de grond liggen, zodat je de vlekken minder ziet.

De ziekenhuiswerkelijkheid valt toch al tegen. Het personeel ziet er heel alledaags uit, met hun eigen kleren zichtbaar onder hun witte pakken. Dokter Raf had een meerkleurig streepjesoverhemd aan. Bijna frivool.

Ik heb nog geen dokter gehaast door de gang zien rennen. Er heerst een serene rust, waarbij af en toe iemand op klompjes voorbij sloft. Alsof het de zusters, broeders en artsen niet écht kan schelen hoe het met de patiënten gaat.

Marrit heeft haar ogen dicht, mijn moeder zit nog steeds te mompelen. Ik wil echt heel graag weg van hier. Naar een ander land, Australië. Ga ik daar een kangoeroefarm opzetten, kangoeroes temmen en zadels ontwerpen. Herman moet mee natuurlijk. En mijn zus mag best op bezoek komen.

Marrit hoest nog eens en laat eindelijk mijn arm los.

Ik wip mijn koude voeten op en neer, zonder echt omhoog te komen. 'Hippen' noemde pappa dat. Opeens legt Simeon een warme hand op mijn schouder. 'Ademen.' Ik schrik op, zucht, zak in. Het bloed klopt in mijn slapen.

Mijn moeder heeft rode ogen, ze hangt wat onderuit. Ik wil niet dat dit hulpeloze mens mijn moeder is. 'Sssst,' zegt Simeon en hij probeert mijn vuist open te pellen. Dat hij dat zomaar doet! Een werkmanshand heeft hij. De handen van Herman zijn zacht, als van een vrouw.

'Ach wat vertederend.' Marrit heeft haar ogen weer open. Achter haar hoofdeinde is een wasbak. Ik hou niet van wasbakken in ziekenhuizen, daar houden zich de meeste ziekenhuisbacteriën op. Toch loop ik erheen. Er is een tussenmoment nodig. Op televisie zou nu de reclame komen.

Op het plankje boven de wasbak staat een setje glazen.

Voor als er veel bezoek komt, gezellig. In de spiegel zie ik het tafereel achter me: Marrit ligt stil, Simeon en mijn moeder zwijgen. Ik was mijn handen met veel zeep en droog ze in mijn haar. Mijn ogen prikken, zo fanatiek sper ik ze open om alles te registreren. Om bij het minste teken van gevaar om hulp te roepen. 'Neuroot,' zeg ik tegen mijn spiegelbeeld.

Mijn moeder komt naar me toe lopen, leeg glas in de trillende hand. Ik pak het aan en wil het haar gevuld teruggeven, maar ze legt haar handen op mijn schouders. Ze moet ervoor op haar tenen staan – sinds wanneer is ze zo klein? Ik laat mijn schouders braaf zakken, dan pas wil ze het volle glas aannemen. Een lok van haar kapsel is aan de haarlak ontsnapt en staat schuin naar voren op haar hoofd. Ik zeg er niets van en hoop dat ze niet in de spiegel kijkt. Het zou haar nog meer van slag maken. Een warrige dochter is tot daar aan toe, haar eigen leven is tot in de puntjes verzorgd. Als ik haar bel op haar tv-avond neemt ze wel op, maar wil ze niet praten.

'Waarom neem je de telefoon dan op?'

'Dat hoort zo.'

'Dan zet je de tv toch uit?'

'Nee.'

Mijn moeder wrijft nog eens over mijn schouders en zet dan koers naar Simeon. Hij pakt het glas met water, dat in haar trillende hand alle kanten op klotst, met een meelevende glimlach van haar aan. Die glimlach is voldoende om haar in een heftige huilbui te laten losbarsten. Snel trekt Simeon haar de gang op; we moeten de zieke niet storen.

Mijn vingers hebben zich aan de wasbak vastgeklauwd. Opeens draai ik me bruusk naar het bed. 'Je mag niet doodgaan.'

Marrits ogen gaan open en meteen hoor ik de zachte piepjes en zuigjes van haar machinepark een hoger ritme aannemen. Ze lacht. 'Wat ga jij daaraan doen?'

'Niet zolang we ruzie, kunnen we niet als vroeger, je mag niet doodgaan.'

'Vera en haar droomwereld,' zegt ze. 'Alsof vroeger zo leuk was.'

'Vroeger hadden we een verbond.'

'Vroeger is voorbij.'

'Hoezo?'

'Weet je het niet meer?' Ze kijkt me scherp aan.

Mijn geheugen is grillig, hele stukken jeugd zijn verdwenen. Soms doemt er wel eens een flard op, maar zeker niet op commando. Ik weet alleen dat ik haar moet redden. Mijn zus. Mijn superzus. En dat je zulke dingen niet hardop moet zeggen. Ik sla mijn ogen neer.

'Je weet het niet meer!' Ze klinkt bijna triomfantelijk.

Misschien was het eerst wel wit, dat zeil.

'Weet je het echt niet meer?' Marrit probeert overeind te gaan zitten, het apparaat piept sneller.

'Over een maand word ik dertig,' zeg ik.

Ze knikt. 'En dan herinner je je alles weer?'

'Daar is nog wel meer tijd voor,' zeg ik. Waarom zegt ze niet gewoon wat ze bedoelt. Wil ze me op de proef stellen? Ik heb zin om op een van de plastic voethendels onder haar bed te stampen.

'Maar wat nou als ík die tijd niet heb?' snauwt ze.

'Kom op Mar, de dokter heeft gezegd dat het goed gaat.'

Opeens spert ze haar ogen wijd open. Een van de apparaten begint hard te piepen. De dikke zuster komt aan rennen, op de voet gevolgd door Simeon en mijn moeder. Mijn moeder is rood, het glas water in haar hand is halfleeg. Dat zoiets je op een moment als dit opvalt. Goddank is het niet vol want ik weet dat het – nu – op de grond zal vallen terwijl ze – nu – schreeuwt. De zuster roept en dokter Raf zegt dat we weg moeten gaan en er is nog iemand die roept. Dat ben ik.

Niet echt, niet echt, niet echt. We zijn net een nieuwe ruzie begonnen.

Dokter Raf duwt ons richting deur. Zijn doktersarm slaat bijna in mijn gezicht, hij ruikt naar ontsmettingsmiddel en op dat moment buldert de commentaarstem op volle sterkte: 'Hij ruikt naar ontsmettingsmiddel, je zal er maar mee in bed liggen.'

'We hebben Berend niet eens gebeld!' roep ik door de Stem heen tegen Simeon. Ik kan alleen maar hopen dat Marrit me niet hoort. Maar haar ex moet dit toch weten. Simeon kijkt me verbaasd aan. Hij is vast al weer vergeten wie Berend is.

Ik grijp me vast aan de deur om terug te lopen naar Marrit, maar daar is de dikke zuster al. 'Naar buiten. NU.'

3

'Jij moet Vera zijn,' zei Berend bij zijn eerste bezoek. Hij was een man van al bijna zeventien en ik kon als antwoord alleen maar naar hem opkijken. Pas toen hij op de bank zat met een klein kopje thee van mijn moeder in zijn hand, werd hij minder imposant. 'Tegenwoordig is het Véér,' zei ik, twaalfjarige, zo waardig mogelijk. Hij lachte alsof ik een goeie grap had gemaakt. 'Mar' noemde hij mijn zus, want bij ons op school was het hip om een naam met één lettergreep te hebben.

Mijn moeder had speciaal roomsoesjes gehaald en Berend at ze allemaal op, terwijl wij er normaal maar één per keer mochten.

'Wil je mijn kamer zien?' zei Marrit na de thee en de soesjes. Ik rende zonder op haar vernietigende blikken te letten voor hen uit naar de zolder. Het was tenslotte ook mijn kamer. Berend keek goedkeurend om zich heen en ik trok mijn lade open om te laten zien hoe netjes ik was. 'Dit is haar onderbroek,' trok ik een wit gevalletje vanachter Marrits bed. 'Vies hè?' Berend had een mannenlach, laag en hees, die je steeds opnieuw wilde horen. Marrit maakte een ik-snij-je-keel-door-gebaar.

'Wat is dat?' Berend wees op het stapeltje stenen dat ik met grote precisie op het kastje naast mijn hoofdeinde had gestapeld.

'Dat is van Vera,' zei Marrit met nadruk. 'Ze heeft het gebouwd ter herinnering aan een verdwenen speelgoedbeest.'

Ha ha ha, lachte Berend. 'Echt hoor!' zei mijn zus.

'Laat haar maar, Mar,' zei Berend.

'Ze heet geen Mar, ze heet Nijltje!' gilde ik.

'Zij plast nog in bed,' riep Marrit, 'een echte bedpisser.'

Berend begon weer te lachen maar keek me toen opeens medelijdend aan en dat was te veel voor me. Diep beschaamd droop ik af en liet me niet meer zien tot hij weg was.

'Doet zeer hè, de waarheid,' zei het valse kreng die nacht met een suikerstem.

Door Berend veranderde Marrit van meisje in 'lekker ding'. Ze begon al haar zinnen met 'Berend en ik' en ging in plaats van gescheurde spijkerbroeken ultrakorte rokjes dragen. Met de tong uit haar mond verfde ze zwarte lijnen rond haar ogen. Ze ging zelfs net als Berend mediawetenschappen studeren, hoewel dat vak haar nauwelijks interesseerde. Berend werd uiteindelijk succesvol producent. Hij is regelmatig te zien op televisie, als expert bij praatprogramma's. Op mijn werk is Berend een begrip.

Terwijl mijn zus op de middelbare school elke vrije seconde stond te zoenen op het plein, deed ik binnen een 'klassenproject' bij maatschappijleer. 'Hoeveel hou je van je familie,' heette het. Een gastdocente met feloranje hennahaar stond ons, pubers met wiebelende ledematen, een tijdje op te nemen. We werden er zowaar rustiger van. Ze was het soort vrouw naar wie ik in die tijd smachtte: warm, breed en vergevingsgezind. Ik had haar zo voor mijn moeder ingeruild. De vrouw kwam een nogal theoretische verhandeling houden waarin de namen Freud en Schopenhauer vielen en waar de klas ongeïnteresseerd doorheen etterde. Ik wilde haar helpen en zeggen dat ze stil moesten zijn, maar ik kende de wetten van de wereld; wie buiten de groep valt, wordt afgemaakt. Dus staarde ik naar haar dansende haar en vroeg me af of ik wel schoon ondergoed aan had. Stel dat er straks een stuk uit het systeemplafond op me neerstortte en zij me ging redden, dan kon ik moeilijk zeggen dat mijn zus alle schone onderbroeken had verstopt.

De verhandeling duurde een half uur en toen kondigde ze uit het niets aan dat we een topdrie moesten maken van onze meest geliefde familieleden. Daar had de klas niet van terug. Een jongen stak zijn vinger op en de vrouw glimlachte.

'Mogen aangetrouwde dellen en bijneukertjes ook?' vroeg hij stoer. Iedereen wist dat hij het met het meest sexy meisje van de klas deed.

'Ik zou maar snel beginnen,' glimlachte de gastdocente toen het gejoel was weggeëbd. Ze was nogal gul met die glimlachjes van haar. Ik pakte zonder haar aan te kijken het blanco papier aan. Ik had een hekel aan dit soort opdrachten. Ik wilde best leren, op voorwaarde dat ik er persoonlijk niets mee te maken had. Tot nu toe was dat uitstekend gegaan; ik was in de leerboeken nog geen enkele vrouw tegengekomen die iets van belang had bereikt. De Nederlandse literatuur bestond uit mannen met stugge stoppelzinnen, de installaties bij natuurkunde waren een mannenzaak, net als de ontploffingen bij scheikunde. De enkele vrouw die nadrukkelijk naar voren werd geduwd was een excuusvrouw die iets had uitgevonden dat, als ze een man was geweest, niet de moeite van het noemen waard zou zijn. Volgens Marrit overdreef ik, maar voor mij was het helder. Ik maakte geen schijn van kans, dus hield ik mijn wensen simpel; een baantje, een vriendje, een huisje. Misschien een kat.

Plots stond de gastdocente naast me, ze rook naar patchoeli. 'Je hóeft niet van je familie te houden,' zei ze.

Iedereen had zijn topdrie al af, zag ik, de strijd ging alleen nog om de eerste plaats, en om dat dilemma op te lossen hadden mijn directe buren massaal gedeelde tweede plaatsen toegekend, waar ze iedereen op propten, met niemand op één. Op de stoere jongen na, die zijn vriendinnetje op één, twee en drie had gekalkt en zijn papier triomfantelijk door de lucht zwaaide.

'Je hoeft niet van ze te houden,' zei de gastdocente nog wat harder, alsof ze ook de klas wilde laten weten wat een sukkel ik was. De rooie hippie. Gelukkig hoorde niemand haar. Want ze had het mis natuurlijk, zoals alleen volwassenen en zeker onderwijzers het mis kunnen hebben. Als je niet van je familie hield, hielden ze ook niet van jou. Dat wist ieder kind.

4

We staan lang op de ziekenhuisgang, terwijl dokter Raf mijn zus behandelt. We negeren de 'familiekamer' waar kleurige banken staan en zelfs computers met internet. Tranen stromen geluidloos over mijn moeders wangen. Een zuster die van niets weet, ook in zo'n wit verpleegsterspakje dat er zelfs als je dun bent lelijk uit blijkt te zien, komt ons een kopje koffie brengen. 'Gaat u toch lekker zitten,' zegt ze.

De koffie is heet en slap, ik blaas de stoom in mijn gezicht.

In mijn hoofd zegt Marrit alsmaar: 'Weet je dat écht niet?'

Zij moet me vertellen wat ik niet meer weet. Alleen al daarom mag ze niet doodgaan. Stel je voor dat de dokter nu naar buiten komt, rug wat geknakt, de dikke zuster aan zijn zijde. De commentaarstem zou ervan smullen. Ophouden met die beroepsdeformatie, Vera! Dat gaat ons niet gebeuren. Wij zijn de superzusjes.

Even later loopt de dikke zuster voorbij. Als we proberen haar tegen te houden, zegt ze: 'We kunnen u nog niets vertellen.'

'Wedden voor een ijsje dat ze over een paar weken "je" tegen ons zegt?' antwoord ik.

'Veer,' zegt mijn moeder dreigend.

'Zij weet waarschijnlijk toch niks,' zegt Simeon. Mijn moeder laat zich in een kuipstoeltje zakken, buigt voorover en begint weer te mompelen.

Simeon gaat naast haar zitten en pakt een tijdschrift. 'Je mag best naar huis gaan hoor,' zeg ik tegen hem 'Ik kan straks met mijn moeder terugrijden.'

Simeon zegt dat hij goed zit en zakt om het te bewijzen nog eens extra onderuit. 'Lekker kopje koffie erbij, tijdschriftje.' Niemand vindt het grappig.

'Ze gaat voorlopig niet dood.'

Ik moet in slaap zijn gevallen want opeens staat dokter Raf voor ons. Hij vertelt dat het een week of twee weken duurt om te bepalen hoe ernstig de aandoening is, en dat Marrit in ieder geval tot die tijd een goed, maar wel heftig medicijn krijgt. Bij een auto-immuun ziekte, vertelt hij, keert het lichaam zich tegen zichzelf. De medicijnen helpen het lichaam om dat 'verkeerde afweermechanisme' te verbeteren. Naast de pieper in zijn borstzak heeft de dokter wel vijf pennen gestopt. Hij draagt bruine instappers, met blauwe sokken. 'In negentig procent van de gevallen komt het honderd procent goed,' zegt de dokter.

'Dank u dokter,' zegt mijn moeder en schudt zijn hand. 'Dankuwel.'

Ik knik vanuit mijn kuipstoeltje naar hem, zijn gezicht blijft alsmaar vriendelijk glimlachen. Dan moet hij weer verder en staan we allemaal op om hem na te kijken. 'Dag knappe dokter,' zeg ik zachtjes. 'Vera gedraag je,' zegt mijn moeder.

Ik loop van ze weg, de wachtkamer in, naar een schilderij van een onbewoond eiland dat bijna de hele muur beslaat. Op een van de geschilderde eilandjes heeft iemand een kalender geprikt. Alle voorgaande dagen zijn doorgekrast en om vandaag zit een rood plastic vierkantje. Het is 5 februari, precies een maand voor mijn verjaardag. De dokter zegt dat ze beter wordt, maar dat is niet genoeg.

'Vroeger is voorbij,' zegt Marrit in mijn hoofd, mijn dramatische zus. Nou mooi niet. Ik mag dan niet dol zijn op herinneringen, maar ik neem me plechtig voor om te ontdekken wat ze bedoelt. Voor ik dertig word moet ik het weten, voor de maand om is.

'Dan mag jij in de tussentijd niet doodgaan, Marrit Meyer,' zeg ik vanbinnen.

Met mijn rug naar Simeon en mijn moeder maak ik een teken in de lucht, om mijn belofte te onderstrepen. Als het een televisieserie van vroeger was, dan kwam nu de aflevering waarin het kleine zusje het grote zusje redt.

De dunne zuster komt aanlopen en stelt voor dat we naar huis gaan. 'Zodra haar situatie verandert bellen we.' We knikken. We mogen Marrit geen gedag zeggen. 'Ze heeft haar rust hard nodig.'

Op de parkeerplaats geef ik mijn moeder een afscheidszoen, ook al zoenen we bijna nooit. Dan stap ik in de auto van Simeon.

'Opgelucht?' vraagt hij.

Ik vertel hem over de keer dat Marrit me een pony had beloofd.

Alle populaire meisjes op school hadden paarden maar ik was er bang voor, al beet ik nog liever mijn tong af dan daarvoor uit te komen. Marrit zei dat ik een pony moest willen omdat een pony schattiger was. Zelf wilde ze een hond, maar dat was een geheim. Ze zou me helpen, beloofde ze. 'Dan vinden ze je minder stom.' Ik hoopte dat ze gelijk had. Even had ik een vriendinnetje gehad, Marsja, maar zij vond het vervelend dat ik alsmaar 'leugens' verzon en sloot zich aan bij de populaire meisjes. Ik begreep dat.

Dus sleet ik mijn pauze in een hoekje direct naast de ingang van onze basisschool. Er zat daar wat onkruid tussen de stenen en dat verzorgde ik door er mijn afgekoelde thee overheen te gieten en fijngeknepen deegpropjes van mijn boterhammen in de spleten ernaast te duwen. Vooral mieren vonden dat een goed idee.

Op een dag had de conciërge zowel het brood als het onkruid uit de voegen verwijderd. Daarna staarde ik de hele pauze naar de stenen en vroeg me af wat ze zouden zeggen als ze konden praten.

Tegen Marrit zei ik dat ik geoloog wilde worden en een tijdlang torste ik bakstenen omhoog naar onze slaapkamer en stapelde er een toren van naast mijn bed.

Ik was dolblij toen mijn zus me in een pauze wenkte en we samen naar het klimrek achter de school slopen waar alle geheimen werden uitgewisseld. Ze fluisterde dat ze een vrouw had ontdekt die heel rijk was en ieder jaar een pony weggaf.

'Zomaar?'

'Zomaar.'

Waarom wisten de andere meisjes in mijn klas daar niets van?

Marrit kreunde om zoveel domheid. 'Omdat het geheim is, natuurlijk.'

En ze fluisterde dat ik, om te bewijzen hoe graag ik de pony wilde, vanaf dat moment elke pauze drie rondjes om de school moest rennen en om de drie stappen een sprongetje moest maken.

'Hoe weet die mevrouw dat ik dat allemaal doe?'

'Dat vertel ik haar natuurlijk, Dodo.'

Een week lang duurde de foltering, totdat Marrit me midden in een nacht wakker maakte. 'Ik heb haar gebeld!'

'Echt?'

'Je hebt 'm. Bel morgen zelf maar.'

'Die pony bestaat niet, Dodo,' zei pappa de volgende dag vanachter zijn krant.

Pappa zei niet zoveel in die tijd, dus ik had de neiging goed naar hem te luisteren.

'Jawel hoor,' siste mijn zus, 'maar alleen als je doet wat ik zeg.'

'Niet zo sissen Nijltje,' zei pappa en liet zijn krant zakken om haar streng aan te kijken.

Toen wist ik dat er geen pony was.

'Dodo?' zegt Simeon lachend, 'Nijltje?' Hij begrijpt er niets van.

Eenmaal in de flat komt het tweede afscheid. Ik zoen Simeon voor zijn deur op de wang. In de auto heb ik hem al bedankt en nu weet ik niet meer wat ik moet zeggen. We lachen onhandig en dan draai ik me om en ga na enig wroeten met mijn sleutel mijn eigen voordeur in.

Herman is er niet, de wc rochelt zachtjes. Sinds de regen is begonnen spettert de wc-pot mee. Ik doe de tussendeur dicht. Over een paar uur moet ik al weer naar mijn werk, met de trein naar Hilversum, ik kan me er niets bij voorstellen. 'Bel toch af,' zei mijn moeder, maar ik werk liever.

Ik heb behoefte aan thee en vul de waterkoker. Ik druk zo bewust mogelijk op het hendeltje dat het apparaat in werking zet. Het komt vaak voor dat ik eindeloos sta te wachten tot het water kookt. 'Dromer,' zegt Herman dan.

Op het aanrecht zijn oude vlekken van vorige bewoners diep in de bobbels van het keukenblad getrokken. Schrobben en schuren helpt niet, maar als ik iedere dag een tijdje boen, moeten ze ten slotte verdwijnen. Ik pak een doekje. We hebben op mijn werk een keer een item gemaakt over zulke vlekken. 'Terug naar de bron' heette het en de redacteuren belden met vroegere bewoners van een afgeleefd huis over het ontstaan van bepaalde mankementen. Meestal was de reden heel smerig.

Sinds die uitzending wil ik zo min mogelijk sporen van anderen in ons nest. Herman heeft beloofd dat ik op mijn dertigste verjaardag iets heel bijzonders krijg. Ik hoop dat hij een nieuw huis bedoelt.

Met mijn thee ga ik even voor het enige raam in de woonkamer staan, waar we met punaises een doek voor hebben geprikt. Als ik achter het doek keek, zou ik mijn overbuurman zien, uitgelicht in het donker. Een stuk minder knap dan Simeon, jaar of veertig, bolle buik, trage, aandachtige bewegingen. In het midden van zijn kamer staat een bad en daar draait zijn leven om.

Hij woont in een identiek flatgebouw een paar verdiepingen lager, we zijn van elkaar gescheiden door lucht en een onzichtbare tuin in de diepte. Zal ik gaan kijken? Zelfs als Herman er niet is probeer ik mijn kijklust te beperken. Het verontrust me dingen te doen die hij niet weet.

Opeens zie ik het vakantiebos voor me. Het bos waar we iedere zomer naartoe gingen. Dat moet Marrit bedoelen, daar beleefden we avonturen. We sliepen altijd op nummer 12 op een terrein met vakantiehuisjes. Er zaten altijd dezelfde gezinnen.

Marrit rent voor me uit, haar krullen dansen maar blijven nooit in de takken hangen, zoals mijn veel kortere haar. Het regent, net als nu. Ik zie het allemaal, maar kan me niet herinneren of ik er ooit in de herfst ben geweest. Zouden die vakantiehuisjes er nog staan en zou de toren al ontdekt zijn en afgebroken? De hoge uitkijktoren die zo uit de toon viel in een stadsbos. Ik heb het altijd vreemd gevonden dat ze zo'n kolossaal ding lieten staan en het zou een wonder zijn als hij niet door vandalen was vernield. Maar er verwijzen geen bordjes naar. Zelfs vandalen houden van wegwijzers.

Waarheen zou Marrit willen dat ik ga? Waarvan hoopt ze dat ik het zie? Er staan alsmaar te veel bomen in de weg.

Ik schop tegen de muur; wat wil ze toch van me.

Denken aan het verleden voelt alsof ik door stroop waad.

'Het heeft geen zin.' Ik weet niet of ik het hardop zeg.

Ik trek een punaise los, als ik nu nog even aan vroeger denk mag ik als toetje naar de overbuurman kijken. Dus ren ik verder door het bos op zoek naar het geheim van Marrit.

'Daar!' gil ik. De uitkijktoren.

Ik ren ernaartoe en klim het gladde trappetje op. Ik ben niet bang, ik klauter moeiteloos over het brede platform van gebarsten beton. De echte toren begint een stuk boven de grond, niet iedereen kan zomaar naar binnen klimmen.

Op het platform wil ik 'sst' tegen Marrit zeggen, maar ze is verdwenen. Ik ben alleen met het loeien van de wind. Water in mijn nek, ik ril en doe een paar stappen vooruit. Ik weet dat er gaten in de grond zitten die op me loeren, maar ik kan ze niet zien. De camera zoomt uit, meisje alleen in een groot bos. Ze is nu helemaal naar boven geklommen, naar het hoogste uitkijkpunt. Een nieuwe windvlaag werpt zich in de bomen. Het meisje strekt haar vingers om te testen. Ze heeft vleugels op haar rug, vanzelfsprekend. Dit is de juiste wind. Alles kraakt, het is tijd. Zie je wel dat het kan, loskomen van de aarde.

Dat moment moet ik zien te vinden.

Ik trek nog een punaise los en kijk naar de elektrische klok naast mijn bed. 03:30 uur. Echie is wakker geworden en komt mauwend om aandacht binnenstappen. Hij stoot zijn kop met kracht tegen mijn been. Ik beweeg niet.

Marrit en ik keken dikwijls vanaf de grond naar de uitkijktoren om mij moed te laten verzamelen. 'Eerst moet je door de bijna bovenste verdieping heen, waar stropers bier zopen toen ze dat nog durfden,' zei ze. 'Het is er heel donker en er wonen verrotte lijken. Ze hebben etterende wonden, waar stukjes vanaf vallen. Als je nog hoger klimt kom je bij de lucht. Dat is het uitkijkpunt, de beste plek. Maar voor jou waait het er te hard.' Ze legde een hand op mijn arm om te voelen of ik al trilde. 'Een kleintje als jij zou meteen worden weggeblazen. Plef. Tegen de bomen aan.' Ze klapte in haar handen. 'En dan plef, op de grond. Hartstikke dood.'

Iedere keer dat ik de uitkijktoren zag, begon ik onwillekeurig te trillen. Op een keer kwamen alle vriendinnen van Marrit met weggedraaide ogen als heuse zombies uit de struiken strompelen en omsingelden me. Ik wist wel dat het kinderen waren maar ik wist ook dat ze door me heen konden kijken en dat ze zagen dat het vanbinnen niet veel soeps was bij mij. Ze zouden me opeten en weer uitspugen, en dan gewoon verderlopen. Alleen mijn zus kon me nog redden, maar zij was verdwenen.

Gillend sloeg ik me door de zombies heen en rende naar huis. Daar hielp Marrit mijn moeder met de afwas. 'Waar ben je nou weer bang voor?' zei mijn moeder.

De rottende lijken zijn sindsdien nooit meer uit mijn dromen verdwenen.

Ik prik de twee punaises terug en draai mijn rug naar het raam. Ik ga niet naar mijn overbuurman kijken. Ik weersta de verleiding.

In plaats daarvan zet ik mijn computer aan en pak mijn agenda. Op vijf maart schrijf ik in hoofdletters: MARRIT.

Daarna check ik mijn mail. Niks van Herman. Ik schrijf hem het laatste nieuws. Ik schrijf ook dat hij hopelijk goede zaken doet en snel weer thuiskomt. En ik stuur Marrit wat kreten als 'welkom thuis', 'goedmaken' en 'uitpraten'. Gewoon ervan uitgaan dat alles goed komt, lijkt me het beste.

5

Zodra ik het omroepgebouw in Hilversum binnenloop en me door de beveiligingspoorten heb geworsteld verschijnt er een glimlach op mijn hoofd. Mijn werkglimlach, die er de rest van de dag niet meer afgaat. Ik voel me opgelucht. Hier weet zelfs mijn baas niet dat ik een zus heb.

'Hoe gaat het Vera?' vraagt hij.

'Prima Fons,' zeg ik en ik steek een duim in de lucht. Ik stort me op de telefoon en op het beantwoorden van mailtjes. Ik surf over het internet op zoek naar bijzondere mensen, de lunch sla ik over. 'Geen tijd.'

Tegen het einde van de dag komt de moeheid als een warme wolk in mijn hoofd, maar dan heb ik ook twee potentieel interessante mensen gesproken, een kruidenvrouw voor de uitzending van die avond geregeld en een hele berg krantenknipsels verzameld die ik nog moet nabellen. Ik drink drie koppen koffie achter elkaar en eet twee chocoladerepen. Om zes uur bekijken we de vooruitzending van het programma. De kruidenvrouw doet het uitstekend, zoals ze met een takje salie over het bermgewas naast de snelweg zwaait om de 'kwade krachten' eruit te verdrijven. Ik krijg een complimenteuze stomp tegen mijn arm van Fons en zoek naar de stagiaire die me geholpen heeft, maar die is al weg.

Om zeven uur worstel ik me weer door de beveiligingspoorten naar buiten. Naar huis.

Onderweg in de trein belt mijn moeder. Marrit is 'enorm opgeknapt'. Wanneer ze uit het ziekenhuis mag is nog niet duidelijk, maar 'het gaat steeds beter' heeft dokter Raf gezegd. Misschien hoeven we dan wel niets uit te praten, als ze toch uit zichzelf beter wordt. Ik beloof mijn moeder dat ik Marrit zal bellen en dat doe ik. 'Dit is de voicemail van Marrit en Agaath (waf waf) we zijn er niet want we hebben het druk, doei!'

Ik spreek niets in.

Herman is er nog steeds niet, wat het huis bij thuiskomst extra leeg maakt. Echie slaapt in de keuken op de verwarming. In de badkamer probeer ik het gepruttel van mijn wc te negeren. Ik neem een douche. Het is 6 februari, het regent niet meer, maar dat lijkt de pot niets uit te maken.

Je kan aan mij niet zien hoe ik me voel, stel ik tevreden vast nadat ik een gat in het waas op de spiegel heb geveegd. Het is zelfs niet te zien dat ik vannacht niet geslapen heb. Ik bekijk mijn tanden, voel met mijn vinger over het glazuur, ik knijp in mijn wang en volg de tekening van mijn wenkbrauwen. Herman moet altijd lachen als ik mezelf voor de spiegel inspecteer.

Met een handdoek om ga ik in de woonkamer voor het raam met het doek ervoor staan. Ik moet mijn overbuurman zien. Zijn beeld zal me geruststellen. Mijn klok zegt dat het halfnegen is. Een goede kans dat ik hem te zien krijg. Zijn hoofd ontspannen achterover op de badrand en zijn borsten die een beetje hangen. Ik verlang naar zijn gesloten ogen, zijn smalle mannenmond, zijn haar dat in een krul op zijn voorhoofd zit. Door het licht van de lamp naast het bad glimt zijn gezicht meestal, alsof hij een schijnwerper op zichzelf zet. Ik moet hem zien. Snel trek ik de punaises weg.

Hij ligt er. Ik zucht en ontspan mijn vuisten. Hij ligt er precies zoals ik hem voor me zag. Nu is het alsof ik hem zelf heb verzonnen. Met mijn vinger volg ik de contouren van zijn bovenlijf, de rest van hem gaat onder bubbels schuil.

Herman weet niet dat ik naar de overbuurman kijk. Hij zou het niet begrijpen. Hij zou niet begrijpen dat ik een man bewonder die er niet speciaal knap of aantrekkelijk uitziet. Een man die niets presteert voorzover ik weet, die zelfs nauwelijks bestaat. Overdag is mijn overbuurman er nooit, dus ik neem aan dat hij werkt, maar 's avonds is hij er altijd. Dan ligt hij in bad. Een man die zijn leven heeft teruggebracht tot datgene waarin hij zich het beste voelt; zijn bad.

Ik hoor iets en laat het doek vallen; Herman kan ieder moment binnenkomen. Ik prik de punaises terug en draai me naar de kamer, voor de zekerheid glimlach ik er zorgeloos bij.

Ik had moeten stofzuigen, nu is het te laat. Als mijn geliefde binnenkomt wil ik niet met een stofzuigerslang in mijn hand staan. In de keuken gooi ik de rivierkreeftjes weg die ik speciaal voor Herman had gekocht. Ze zijn nog niet over de datum, maar ik heb iets beters gehaald. Pasta bolognese, Hermans andere lievelingsgerecht. Ik denk dat hij daar vandaag meer zin in heeft.

Het moet gezellig zijn als hij thuiskomt en daarom loop ik nog een keer kritisch door de flat om alles op zijn plek te zetten. Herman houdt er niet van als ik druk doe, dus dat doe ik zoveel mogelijk voordat hij binnen is. 'Beheers je nou eens,' zegt hij vaak.

Weer ga ik voor de spiegel staan, dit keer om mijn haar te borstelen en een beetje make-up op te doen. Volgens Herman moet ik een voorbeeld nemen aan mijn zus. Zij gaat naar schoonheidsspecialistes en haar kleren zijn weliswaar eenvoudig, maar toch zichtbaar van goede kwaliteit. 'Jij bergt jezelf te veel op in staartjes en truien.' Ik trek een mooi shirt met decolleté uit de kast, doe er een push-up bh onder aan. Ik vul de waterkoker alvast, zodat ik meteen aan de spaghetti kan beginnen als Herman binnenkomt. In mijn mooie shirt ga ik naast een fles rode wijn aan de keukentafel op hem zitten wachten. Ik spring nog een keer op om een cd in het muziektorentje in woonkamer te schuiven, duw mijn borsten wat omhoog in mijn bh en ga weer aan de keukentafel zitten. Hij moet nu bijna bij de flat zijn, waarom kookt het water nog niet? Ik ben het hendeltje vergeten in te drukken.

Als het water eindelijk zo ver is zet ik een pan met spaghetti op. Ik fruit de uitjes, braad het gehakt, gooi er tomatensaus bij. Als het klaar is, zet ik de pan op een houder met waxinelichtje op de keukentafel en ga er weer naast zitten.

Vanaf halftien staar ik de rest van de avond op een kruk naar de badende man aan de overkant. Mijn badman. Ik heb niet alle punaises losgemaakt en houd het doek met mijn hand omhoog voor het geval Herman toch nog opeens thuiskomt. Er zijn files, hij moet van ver komen. Hoe lang geleden is het dat Herman me wakker aaide en me een dikke kus op mijn voorhoofd gaf omdat hij op reis ging? 'Hou je taai Veertje en doe de groeten aan je zus.' Zijn gezicht rook sterk naar aftershave .

'Wacht wacht,' mompelde ik. Ik wist dat hij haast had, vanwege diezelfde stomme files, hij had het me uitgelegd. Ik wist dat we de avond ervoor al uitgebreid afscheid hadden genomen, maar mijn buik trok samen. Ik wilde dat hij bij me bleef, ik wilde leuke dingen met hem doen, door de stad dwalen, uren in een café zitten en fluisteren over de rare mensen om ons heen. Maar ik zei het niet. Herman zou het 'zeuren' vinden.

'Hoe lang ga je ongeveer?'

Hij gaf me met zijn rechterhand een bonusaai over mijn wang, ik kuste het litteken bij zijn pink van die ene keer op het strand, toen hij in een kapot bierflesje greep. Toen haalde hij zijn schouders op, bij dit soort zakenreizen was het moeilijk te zeggen hoe lang het zou duren. Ik keek naar hoe hij over me heen gebogen stond, maar hij keek naar Echie, die gauw op zijn hoofdkussen was geklommen. Mensen hebben in de loop van hun relatie steeds minder oogcontact. Zijn blauwe ogen stonden ochtendmoe, maar ook oud en een beetje somber. Deze flat benauwde hem, dat wist ik. Het benauwde mij ook.

'Wacht,' zei ik weer, toen Herman zich met een definitief gebaar oprichtte.

'Het komt allemaal goed,' zei hij. Hij kuste me een laatste keer en liep naar de keuken. 'Ik zal streepjes op de muur zetten tot je terugkomt!' riep ik hem na. Hij vroeg 'Wat?' en keerde zich om. Ik kwam overeind en zag dat hij naar de mobiel in zijn hand keek. Ik zou nu iets stevigs moeten zeggen. Iets wat al mijn liefde zou uitdrukken. Of ik zou op zijn minst een grap moeten maken die hij kon meenemen op reis, zodat hij tegen zijn vrienden kon zeggen: 'Zo grappig, mijn vriendin zei laatst...'

Ik zei niets.

Zodra de deur was dichtgeslagen krabbelde ik overeind en pakte een zwart oogpotlood. Hoewel Herman waarschijnlijk nog niet eens in zijn auto zat, sms'te ik: 'Ik mis je nu al.' Plechtig zette ik mijn eerste streep.

6

Beste Jzcody,
Hoe komt het dat u denkt dat ik Viagra nodig heb? Ik ben
geen man maar ik heb er wel een. Die doet het prima, dank
u. Dus alstublieft, als u me nog eens schrijft, schrijf dan iets
anders.
Met vriendelijke groet,
Vera Meyer

Ik druk op send. Ik heb geen nieuwe mailtjes.

Van Herman mag ik geen spam beantwoorden, maar
Herman is er niet. Marrit zou lachen als ze wist dat ik dit
deed, zeker als ze zou weten dat ik er ook een Engelse versie
bijschrijf, zodat Jzcody me begrijpt.

Het is 16 februari, Marrit is al een week thuis maar heeft
nog niets van zich laten horen. Ze straft me met stilte. En ik
denk, om iets terug te kunnen doen, op mijn beurt zomin
mogelijk aan haar en aan mijn belofte.

Mijn huis is ongelooflijk leeg en er staan al meer dan twintig strepen op mijn muur, voor alle mail en sms'en die ik
Herman heb gestuurd. Ik weet zeker dat hij af en toe heeft
gereageerd, maar soms komen sms'jes niet aan. Ook al is
België nog zo dichtbij, het blijft het buitenland.

Ik maak me zorgen over de strepen. Herman zal boos
zijn als hij thuiskomt, hij houdt niet van 'troep', zelfs niet

op de muren. Hij gooit ook altijd mijn spullen weg als ze hem irriteren.

'Alles komt goed.' Ik moet het doen met zijn afscheidswoorden, maar die zijn glad, ik heb er nauwelijks houvast aan. Ik heb meer woorden nodig, zou ik hem willen schrijven. En ik zou hem ook willen schrijven dat ik begrijp dat groot worden betekent dat je je verleden onder ogen moet zien. Maar dat ik niet begrijp dat mijn zus zomaar dood kan gaan. Dat het idee alleen al mijn keel dichtknijpt. Ik vind het oneerlijk en onbegrijpelijk. Ik kijk naar de streepjes op de muur en schrijf niets.

Gelukkig is mijn werk er nog voor de afleiding.

Iedere ochtend sta ik zo monter mogelijk met een kluitje collega's te wachten op de shuttlebus van de omroep die ons oppikt naast het station, terwijl we sappig roddelen over de baas, over de verslaggevers, over de programma's en vooral over wie het onlangs met wie heeft gedaan. Mijn werk als bureauredacteur bestaat uit bellen en afspraken regelen, met soms een spannend moment als het op daadwerkelijk draaien aankomt.

Ik ben vast niet de enige die een deel van haar leven weghoudt. Als er iets een leugen is, heb ik al vaak tegen Marrit gezegd, dan is het wel het gezicht dat mensen op hun werk tonen. 'Dat is heel normaal.'

Vandaag is het vrijdag en ik sta zoals altijd met mijn kaart te friemelen bij de beveiligingspoorten. Het is een kaart met een magneetstrip, maar ik beweeg hem te snel, of te langzaam, of ik doe hem er verkeerd in. 'Hoe lang werk je hier nou al?' grapt de stagiaire die net komt binnenrennen. 'Hoe lang werk je hier nu al?' zegt ook de verslaggever van de dag, die even later voorbijsnelt.

'Moet jij zeggen!'

Hij geeft me een knipoog. 'Springveertje.'

De verslaggever is een omroepmammoet; werkt hier al

sinds de eerste steen van het pand werd gelegd, het zal dus straks met dat filmpje ook wel goed komen. Ik lach extra lief naar hem en maak een sprongetje, als dank krijg ik nog een knipoog. Het voordeel van een rol spelen, heb ik Marrit een keer uitgelegd, is dat je lichaam erin gaat geloven. Op mijn werk doet mijn buik minder pijn en lijkt kiezen minder ingewikkeld. Daar is kiezen gewoon 'naar links' of 'naar rechts'. Niet een beetje scheef, dan rechtdoor, dan drie stappen terug en weer op dezelfde plek uitkomen.

Pappa vertelde vroeger vaak dat mensen maar een paar kansen krijgen in hun leven en dat ze daar tussenin voornamelijk zitten te wachten op de volgende kans. Niemand weet hoeveel kansen er komen, een stuk of twee, drie. 'Maar gewone mensen hebben niet eens door dat ze kansen krijgen,' zei hij. 'Wat op zich raar is, want je kan het horen. Op belangrijke momenten kraakt het in je hoofd, als je tenminste luistert. Gewone mensen luisteren niet. Zij hangen een beetje rond en verdoen hun tijd, alsof dát leven is. Komt er een kans, dan schrikken ze terug. Alsof ze beschikken over dertig reservelevens en pas een volgende keer een leven van Madonna- of Alexander de Grote-achtige proporties gaan nastreven. Eerst even twintig jaar gloeilampen draaien bij Philips onder het motto: 'Nu even niet.'

Ik vond het destijds een prachtige theorie, maar nu ben ik bang dat ik bij de gloeilampendraaiers hoor.

'Als je goed kiest, blijft het leven helder en overzichtelijk,' hoor ik pappa zeggen. Maar ook hij was bang dat hij zijn kansen had gemist, dat weet ik zeker.

Marrit beweert dat ze tal van kansen krijgt. Ze zegt dat zij ze afdwingt en ik geloof haar. Ze is mooi genoeg om direct te zijn, haar huid is dik genoeg als het eens misgaat. Elke nieuwe baan is de baan van haar leven, elke nieuwe man is een droomprins. Misschien heeft zij de kansen voor ons allebei al opgebruikt.

Anderzijds; de risico's die zij neemt zou ik nooit durven nemen. Ik ga gewoon braaf iedere dag naar mijn werk en doe zo goed mogelijk mijn best. En toch verbaast het me iedere keer als iets lukt. Alsof ik stiekem een prutser ben en de dag onvermijdelijk zal komen dat Fons me roept om te zeggen: 'Sorry Vera, we hebben ons in je vergist. Je kunt er niets van.'

Ik haal de stagiaire en de mammoet op de trap in en alle drie pakken we koffie en een krant. We ritselen gezamenlijk, er wordt niet gesproken. Fons komt zoals altijd als laatste. Hoewel we allebei in Amsterdam wonen, neemt hij twee treinen later. Volgens mij vooral om een opvallende entree te maken.

Ik tuit mijn lippen iets en neem met veel lucht een slok koffie. Dat durf ik wel op mijn werk, overdrijven.

Ik neem me hier ook steeds voor om nieuwe kleren te kopen. Kleren met iets meer lef. Of om een keer naar de kapper te gaan.

We overleggen snel en gaan dan bellen. Ik ben scherp vandaag, dat werkt altijd goed aan de telefoon. Eerst lief vragen en vertellen over de Witte Raaf, een programma dat vrijwel iedereen kent over zonderlinge fenomenen in de Nederlandse samenleving. Het liefst doen we wonderen, maar meer algemene zaken mogen ook. De zin 'u komt op tv' is een magische formule. Men zegt er afspraken voor af en begint ervan te stotteren. 'Zo ga je wel winnen,' zegt de stagiaire bewonderend als ik met een 'oké, dat moet wel gaan lukken' ophang. Ik doe vanaf mijn stoel alvast een ingetogen overwinnaarsdansje.

Fons heeft een prijs uitgeloofd voor de redacteur die het snelst tien geschikte kandidaten voor het programma vindt. Tot nu toe ben ik met vijf 'gekkies' koploper. 'Ze heeft weer een gekkie,' roept de stagiaire.

Er zijn redacteuren die 'gekkies' te veel een kleuterwoord

vinden, maar het alternatief 'gekken' klinkt zo veroordelend en dat mag niet van Fons. 'Altijd respect voor de mensen,' is zijn devies.

Om niet al te gretig over te komen gun ik de stagiaire het laatste telefoontje; de verslaggever zal op bezoek gaan bij een Tibetaanse 'healer' die het Westen verdorven vindt omdat niemand geduld heeft. Ze verkoopt flesjes met 'rust' en geeft lessen in 'ontspanning'. Het zal een filmpje worden zoals we er al dertig hebben uitgezonden, maar dat kan de kijker blijkbaar niets schelen.

Ik stel me voor dat zelfs Marrit onder de indruk zou zijn van het feit dat ik bovenaan sta. Hoewel zij in mijn plaats natuurlijk dat laatste telefoontje voor zichzelf had gehouden.

Waarom moet ik alsmaar aan mijn zus denken? Zij is degene die niets van zich laat horen. Ik heb haar gemaild en haar voicemail ingesproken. Meestal gaan we van ruzie, naar mailen, naar bellen, naar afspreken. Zij is aan de beurt.

Maar ze is natuurlijk wel ziek en zieken moeten met aandacht omringd worden. Wat zou ze zeggen als ik haar bel en van mijn belofte vertel?

'Ik ga vanavond naar het vakantiebos met een schepje, Marrit, vertel maar waar ik je geheim moet opgraven.'

'Doe niet zo debiel,' zou ze zeggen.

Ik heb een onzinbelofte gedaan, die even hielp toen we midden in de nacht tussen de kuipstoeltjes stonden. Nu het gewone leven weer is begonnen heb ik er geen tijd voor. Het is druk op mijn werk. Bijna elke dag vroege dienst en 's avonds moet ik op Herman wachten.

Mijn belofte telt niet echt, houd ik mezelf iedere dag voor. Maar het helpt niets, de teller loopt. Ik had een maand en nu heb ik nog maar zeventien dagen over. Ik moet opschieten.

Ik rook niet, maar het rookhok in de gang is de enige plek waar je kunt uitrusten. Door de doorzichtige zijkanten zie ik dat er al iemand staat. Een silhouet van een vrouw die op Marrit lijkt en met iets geheven hoofd rook de lucht in blaast. Gewoon stress, stel ik mezelf gerust, vroeger zag ik ook overal spoken – 'Kijk Vera! Rottende lijken.'

Ik mors koffie over mijn hand en als ik weer opkijk is het hok leeg. Ik tril ervan. Dat is niet goed, mijn privé-leven moet thuis blijven. Ik onderdruk de neiging om me te verstoppen.

Fons komt me achterna gelopen met de stagiaire in zijn kielzog, brandende sigaret al in zijn hand. Hij slaat een arm om me heen zodat ik nog meer koffie mors. Maar ik ben blij met die arm. Ik zeg 'lullo' en hij zegt 'goed gedaan, Vera'. We installeren ons in het hok.

'Wat ga jij doen met je weekend?' vraagt hij de stagiaire. Het meisje vouwt haar lippen om een witte Davidoff. Ze inhaleert diep en blaast haar rook recht in Fons' gezicht, terwijl ze traag antwoordt: 'Feesten, slapen, feesten, slapen.'

'Amen,' zeg ik en twee technici die net aan komen lopen, grinniken.

'Iets bijzonders?' vraagt Fons.

De stagiaire richt zich tot mij. 'Jij kent Berend toch, die televisieproducent?'

'Berend?' zeg ik, 'Of ja, Bérend, die ken ik, van vroeger. Ex van me.'

Ik leen wel vaker exen van Marrit. Maar nu roept de commentaarstem in mijn hoofd. 'Ze leent wel vaker exen van haar zus, alleen om erbij te horen.'

De stagiaire glimlacht vals. 'Mijn beste vriendin gaat morgen met hem trouwen.'

Ik kijk haar neutraal aan. 'Hij was maar een tussendoortje.' De commentaarstem zwijgt.

De stagiaire vertelt nog wat bijzonderheden over de bruiloft maar ik zeg niets meer.

'En jij?' Fons stoot me aan. 'Wat ga jij dit weekend doen?'

Opeens heb ik zin om mijn vermomming af te werpen.

Om te zeggen dat ik geen flauw idee heb omdat mijn dood-
zieke zus niets van zich laat horen en mijn vriend op zaken-
reis is. Op een dag zullen ze me toch ontmaskeren, dus kan
het net zo goed nu.

'Vera?' zegt Fons.

'Ja?'

'Wat je gaat doen komend weekend.'

'O,' zeg ik, 'nou, je weet wel.'

'Ze gaat met haar vriendje een beetje lekker op de bank...'
zegt de stagiaire. Ze heeft de neiging haar mond open te laten hangen als haar zin al is afgelopen.

'Een beetje... lekker?' vraagt Fons.

Ik zou het aan Fons kunnen vertellen misschien, van
mijn belofte aan Marrit. Hij ziet eruit alsof hij ook geheimen heeft.

Maar ik kan het risico niet nemen. Ik lach beleefd naar
de stagiaire en kijk hoe een van de twee technici zijn sigaretten grijpt. Zijn gelige vingers klimmen over het karton en
vouwen dan handig het dekseltje open, net als de vingers
van Marrit – ik kijk beter; het zíjn haar vingers. Ik stap snel
het rookhok uit, de geluiden worden meteen zachter. Ik kijk
naar al die lachende hoofden die dingen zeggen waar ik
niets van begrijp, ook als ik ze wel zou verstaan. Ik kijk naar
de vingers die nu een verkreukelde sigaret hebben gevonden, hem uit het pakje trekken, recht kneden en aansteken.
Traag gaat de hand naar de mond, mijn zus inhaleert en
ademt gelukzalig uit – Nee.

Het vakantiebos. Marrit.

Ik staar naar het oplichtende staafje.

De technicus knipoogt naar me. 'Gaat het?'

'Wat kun je dat goed,' zeg ik een beetje schril, 'zuigen.'

Als we teruglopen slaat Fons weer een arm om me heen.

'Droomster,' zegt hij zacht. Ik leun heel even tegen hem
aan en pel dan giechelend zijn vingers van me af. Hij zwaait
onhandig met zijn net verwijderde hand. 'Kom,' zegt hij,

'we gaan vergaderen. Eens zien wat Vera voor ons in petto heeft.'

Beste Marrit,
Hoe is het om weer thuis te zijn? Heb je nog last?
Toppie hoor, ik wil je snel zien. Ook om je weet wel uit te praten. Bel je? Doeg!
Kus van je zus

Toppie, wat een woord, maar ik heb het bericht al verzonden. Uiteindelijk zal ze bellen. Er is niemand anders met wie ik zoveel contact heb en niemand anders die me zó irriteert.

Sinds ik Marrit in het rookhok heb gezien, kan ik me er niet meer toe zetten nieuwe mensen te zoeken voor het programma. We hebben weliswaar van Fons op ons kop gehad dat we niet genoeg doen, maar mijn hoofd suist te veel, en er zijn zat collega's die halve dagen uit hun neus zitten te vreten.

Ik bel mijn moeder die me vertelt dat ze voor het eerst in haar leven voor de plaatselijke liefdadigheidsinstelling jam aan het maken is.

'Opeens voelde ik dat ik wat terug moest doen.'

'O?'

'Je weet wel, de wereld iets geven, helpen.'

'Dus je dacht; ik maak jam.'

'Wat doe je weer vijandig Vera.'

Als mijn moeder jam voor de mensheid gaat maken is er iets aan de hand.

Die avond kom ik Simeon toevallig op de galerij tegen, groet hem onhandig en blijf bij mijn deur even dralen. We hebben elkaar sinds het ziekenhuis alleen maar op deze manier gezien. 'Het gaat beter met haar,' heb ik hem iedere keer geantwoord.

Nu zou ik wel meer willen zeggen, maar ik draai te onduidelijk; hij is zijn huis al binnengegaan.

Ik sms Herman nog bij de voordeur en ga dan pas mijn donkere huis binnen. Het stinkt er naar riool. Ik laat de voordeur openstaan. Eigenlijk zou ik ook het doek voor het raam in de woonkamer moeten weghalen, om het huis door te luchten, maar stel dat mijn badende overbuurman zou opkijken en me zou zien.

Ik zet mijn computer aan. Eindelijk een mailtje van Marrit. Ze wil me zien, morgen, in Purmerend. Om 'het' te bespreken. Haar kille toon irriteert me, maar ik schrijf dat ik zal komen, 'als hare majesteit dat wenst'. Blijkbaar slaan we deze keer de telefoonfase over.

De rest van de avond dwaal ik door de flat. Ik trek een paar keer de koelkast open om naar de pasta bolognese met huishoudfolie te kijken, die ruimschoots moet worden weggegooid.

Uiteindelijk geef ik toe, peuter de punaises weg en kijk weer naar hem. Hij scharrelt naakt door zijn huis, draait de kraan open en blijft het bad omcirkelen tot het vol is. Hij beweegt zich traag, gracieus, een man die zich onbekeken waant. Ik laat mijn vinger over het raam glijden en teken zijn contouren na.

7

Met haar hond aan haar voeten zit mijn zus, perfect opge-
maakt, op me te wachten in het café, een stuk dikker dan
twee weken geleden. 'Het zijn de medicijnen' zegt ze, nog
voor ik iets kan zeggen. 'Ik reageer er nogal heftig op.'
Ik kijk naar haar smalle gezicht dat gevangenzit tussen bolle wangen. Zelfs haar ranke vingers zijn pafferig.

'Ik mag stoppen als het beter gaat,' zegt ze. 'En het gaat
al een stuk beter.'

Ik trek mijn jas uit en ga zitten. Ik heb zin om Marrits
vingers te aaien. Om ze gerust te stellen. 'Het komt allemaal
goed, het zijn de medicijnen maar.' Vingers kunnen er niets
aan doen dat hun mens ziek is.

Opeens zie ik de familietopdrie van de roodharige gastdocente weer voor me en begin erover te vertellen. Hoe de
vrouw over me heen gebogen stond, de patchoeli die uit
haar boezem opsteeg. 'Hou je van je familie? Je hóeft niet
van ze te houden.' Ik doe zelfs haar stem na. Ik wil zeggen
dat ik nu mijn zus op één zou zetten.

Marrit reageert niet.

'De confrontatie met mijn sterfelijkheid,' zegt ze opeens
dwars door me heen en knippert met haar ogen.

'Je sterfelijkheid? Waar?' doe ik geschrokken en kijk onder de tafel.

Ze schopt me met haar modieuze enkellaarsje. 'Ik kan

wel horen dat jíj niet net aan de dood bent ontsnapt.'

Ik wil weer 'De dood? Waar?' zeggen, maar dat lukt niet omdat haar wangen zo bol zijn. Ze heeft zelfs een onderkin.

'Maar het gaat beter toch?' zeg ik. 'Je zei dat het beter ging.' Mijn handen willen mijn woorden onderstrepen. 'Doe niet zo druk,' hoor ik mijn moeder zeggen. Ik ga op mijn handen zitten.

Marrit knikt. 'Het gaat stukken beter.'

Voor de tijd van het jaar is het een opvallend zonnige zondag, ik wou dat ik mijn zonnebril mee had genomen. De enige aantrekkelijkheid in de kale moderne ruimte met ongemakkelijke houten stoeltjes gaat uit van de barman, een jongen met een chocoladeblik en een uiterlijk dat balanceert tussen knap en mooi. Zijn bakkebaarden zijn misschien wat ijdel, maar zijn brede mond compenseert dat. Marrit beweert dat dit het enige café van Purmerend is, maar ik vermoed dat ook zij de charmes van de barman heeft ontdckt. Mijn zus en ik vallen op dezelfde soort mannen.

'Vera! Je zit hem uit te kleden!' Marrit snuift.

Ik grijns verontschuldigend.

Ik ben al lang blij dat ze fit genoeg is om hier af te spreken zodat ik niet naar haar huis hoef. Marrit heeft hoge stoelen met crèmekleurige bekleding die ik vorig jaar herfst volkomen heb verpest toen ik met een groene strakke broek, nat van het fietsen door de regen, neerplofte. Toen ik opstond zaten er groene kringen in de bekleding.

'Hoe kan dat nou?' bleef Marrit zeggen, naar de vlek wijzend waarin de vorm van mijn achterwerk nog te zien was. 'Wat erg, wat gênant,' ging ze door, 'dat is nog nóóit gebeurd. Je hebt toch niet...?' Ze sloeg overdreven sierlijk een hand voor haar mond. Haar kleine zusje zou toch niet, nog steeds...

Herman, met wie ik de regenachtige fietstocht naar mijn zus had ondernomen, had nergens last van. Hij zat ontspannen en mannelijk op de rand van het bankstel naar ons te kijken. Alsof zijn broek niet nat was, alsof zijn been niet gevaarlijk dicht bij een gouden pilaar met een reuzenvaren heen en weer wiebelde.

Ik vertel dat Herman nog steeds op succestournee is. Hij rijdt ergens onder in België rond en maakt de ene megadeal na de andere. 'Je krijgt de groeten.'

'Leuk,' zegt Marrit. En na een korte stilte: 'Berend ging nooit weg die zat op het laatst met de afstandsbediening op de bank stof te verzamelen. Hij vond het niet eens erg dat ik nauwelijks meer thuis was. We hadden van partner moeten ruilen. Jij met Berend op de bank, ik met Herman de hort op.' Ze lacht en hoest tegelijk.

Ik doe ja ja goed idee, maar we weten allebei dat het nergens op slaat. Het is waar dat Marrit en ik dezelfde mannen hebben gehad, maar als ze eerst mij zagen, vonden ze daarna Marrit zéker leuk, andersom werkte dat minder goed.

Ik kijk naar haar onderkin.

'Maar toch,' vervolgt ze, 'was Berend mijn grote liefde. Ik realiseer me nu pas hoeveel ik ben kwijtgeraakt. Is dat niet raar?' Ze kijkt me aan. 'Sinds twee weken pas.'

'Niet zo eng doen Mar, alsof je ieder moment kan doodgaan.'

'Het gaat best goed.' Ze glimlacht die trage, aantrekkelijke glimlach van haar en gooit met een korte hoofdbeweging haar lange krullen naar achteren. Zelfs dik is ze mooi.

Opeens zie ik weer voor me hoe ik kort na die eerste ontmoeting van Herman en Marrit ongewild mijn zus en mijn vriend nog een keer samenbracht. Het was op mijn vrije dag en Marrit kwam toevallig de winkel binnenlopen waar ik net met twee spijkerbroeken in mijn hand stond te aarzelen.

'Jij hebt zo'n vrolijke smaak,' zei ze, terwijl ik beschaamd een spijkerbroek met beertjes op de kontzakken terughing.

Ze zag er perfect uit. Schitterende ogen en een bruine gloed op haar gezicht.

'Weg geweest?'

'Wezen skiën met Berend, zálig.'

Ze was aan het 'funshoppen' zei ze. Ze had me gebeld, maar ik nam niet op. Dat was waar, ik had een half uur eerder mijn mobiel uitgedrukt toen ik net in een pashokje een bh stond aan te trekken. Marrit belde altijd op dat soort momenten. We liepen samen de winkel uit.

Op dat moment zag ik door een winkelruit Herman aan de overkant in een woondesignwinkel staan, druk in gesprek met de verkoopster. 'Kijk, daar staat Herman,' zei ik, trots omdat hij er zo stoer en zelfverzekerd uitzag. Marrit liep pardoes naar binnen. Ik was te verbouwereerd om meteen te volgen en hipte besluiteloos voor het raam op en neer. Zomaar Herman lastigvallen onder werktijd; dat deed ik nooit.

Toen ik de deur toch opendeed loeide er een koe.

Marrit, Herman en de verkoopster keken alle drie verbaasd op, alsof ze al uren in gesprek waren, alsof Marrit niet pas twee minuten eerder was binnengelopen.

'Veertje, jij bent er ook!' riep Herman en hij zoende me.

'Ik ben er ook,' zei ik, giechelde dom en keek toen naar mijn afgetrapte schoenen, die vielen in een winkel als deze heel erg op.

'Zo gek,' glimlachte Marrit. 'Ik zei dat die lamp me aan de uitkijktoren van vroeger deed denken en nu zegt dit winkelmeisje hier, dat ze daar vroeger ook op vakantie ging!'

'De uitkijktoren?' vroeg Herman, en Marrit en het meisje buitelden over elkaars zinnen om hem van de raadselachtige toren vlak bij de grote stad te vertellen.

'Jij was zo bang voor verrotte lijken, weet je nog?' zei Marrit tegen mij. Ik knikte en wreef mijn handen over elkaar. Iets waar ik me meteen voor schaamde, alsof ik dacht: hmm lekker, verrotte lijken.

'Sorry dat ik je winkelmeisje noem hoor, winkelmeisje,' zei Marrit zonder aandacht voor mijn reactie. 'Je bent bijna te mooi voor deze winkel. Tenzij je te koop bent, natuurlijk.'

'Bedoel je daar iets mee?' gromde het meisje.

'Natuurlijk niet.' Marrit glimlachte. Ze ging iets dichter bij Herman staan zodat het meisje wel een stap naar achteren moest doen. Ik stond het vanachter Hermans rug te bekijken. Ik hoor bij Herman, dacht ik, en Herman hoort bij mij.

'Wat leuuuk toch,' zei Marrit en keek nog steeds naar het winkelmeisje.

De verkoopster had een blote buik die ze aanspande, met in haar navel een pareltje. Het werd stil in de winkel.

'Dús,' zei Herman, op die typisch ballerige manier die ik verafschuwde.

'Hahaha,' deed de verkoopster, geen idee waarom.

'We moeten gaan,' zei ik, kuste Herman en trok mijn zus de winkel uit.

'Dat zég je toch niet,' viel ik buiten tegen haar uit.

Ze klakte beledigd met haar tong. 'Ik beschermde je alleen maar.'

We zitten al een tijdje voor ons uit te kijken. 'Je hoeft niet van je familie te houden,' begin ik nog maar een keer, en tegelijk zegt Marrit dat ik die rode gastdocente vast heb verzonnen, want in háár klas is ze niet langs geweest. Door haar make-up heen zie ik de donkere wallen onder haar ogen.

'Wat weet jij eigenlijk nog van vroeger?' zegt ze.

Ik sla mijn benen over elkaar en probeer te negeren dat Agaath vervaarlijk naar me gromt. 'Hij is een beetje van slag, sinds...' laat Marrit haar stem wegsterven. Ik kijk in de druilogen van het gecastreerde bakbeest. Ik kan me wel voorstellen dat je van slag raakt als je baas opeens van vorm verandert. Agaath gromt nog eens. Nu gaat hij voor straf door mijn gympen heen bijten. 'Blijf van mijn hoerateen,' dreig ik telepathisch.

Het beest hoort bij Marrit sinds het uit is met Berend. 'Geen mannen meer in mijn leven,' had ze gezegd en een hond gekocht. Dat het een mannetje was, loste ze op door hem Agaath te noemen. Ze was nog behoorlijk mild, verklaarde ze destijds. 'Een vriendin hier in Purmerend heeft toen het uit was een varken gekocht en hem naar haar ex genoemd. Komende kerst gaat ze hem opeten.'

Marrit aait door de korte grijze hondenvacht, ik zie de vetrolletjes heen en weer bewegen. Het zou een goeie rubriek zijn voor de Witte Raaf, 'baas en hond'.

'Vera, ik vroeg je wat.'

'Wat?'

'Van vroeger. Wat je ervan weet.'

'Sorry?'

'Ik bedoel,' gaat ze door, 'na ons gesprek laatst...'

Ik knik. 'Dat was wel even schrikken ja.' Mijn keel is droog, er klinkt een plakkerig geluid als ik mijn mond opendoe.

'Ik wil koffie.' Zonder op instemming te wachten loop ik naar de bar. De barman lacht breed als ik nader.

'Koffie verkeerd? Uiteraard.' Hij maakt een buiginkje. Ik lach terug. Hij draait zich om naar het koffiezetapparaat.

Vroeger, denk ik, terwijl ik naar de gespierde rug van de barman kijk. En opeens zit ik er weer. In het vakantiebos. Helemaal in mijn eentje.

Ik zat met mijn rug tegen een grote boom. Verderop, steeds verder, hoorde ik de andere kinderen. Hun stemmen hoog en schril, als vogels. Zo waren ze ook op me afgekomen daarnet. Ze hipten en fladderden opgewonden. Vlekken op hun lichaam door de schaduw van de bomen. Hun ogen schichtig heen en weer.

Ik zat verstopt achter een struik, weggedrukt tegen de boom, maar ik wist dat het niet voldoende zou zijn. Ze naderden en giechelden tijdens het sluipen, alsof ik een grap was. Toen stonden ze om me heen. Eentje kriebelde met een takje in mijn oor. Ik hoopte tenminste dat het een takje was. Een ander trok aan mijn haar. Wie het was kon ik niet zien, maar haar ademhaling klonk vertrouwd. Heel vertrouwd, ik kneep mijn ogen extra dicht. Daar moesten ze om lachen dus deed ik ze weer open en keek strak naar de boom voor me. Ik had gezworen niet te bewegen en ik zou mijn eed houden ook. Niemand kon zo goed zitten en zwijgen als ik. Mijn te grote nieuwe bruine van pappa gekregen ribjasje hing beschermend om me heen. Uit mijn ooghoek zag ik een stuk been dat ik herkende als het been van de jongen van het huisje naast ons. Ik zag handen en onrustige lijven. Ik rook ze. Ik bewoog niet.

Toen het takje was uitgepookt grepen ze Olifant die al die tijd rustig op mijn schoot had gezeten. Smerige handen waren het, met nog smeriger vingers die in de keel van Olifant grepen terwijl hij daar absoluut niet van hield. Zijn huid was daar dun van het aaien, de vulling kwam er al bijna naar buiten. En ook zijn oor grepen ze. Ik hoorde hem gillen.

Maar ik vocht mijn tranen terug. Ik zat stil en ik zweeg. Ze zouden me nooit te pakken krijgen. Zolang ik niet bewoog was ik onschendbaar.

Ten slotte verdwenen de stemmen in de verte. Ik wist niet waarnaar toe. Het bos begon weer aan zijn eigen lawaai. Ik staarde naar de boom voor me. Er liepen twee mieren over mijn schoen omhoog, over mijn sok mijn broekspijp binnen.

Toen riep mijn moeder. 'Vera! Veertje! Kom je?'

Haar stem klonk vriendelijk, maar ik wist dat ze boos was. Mijn been kriebelde.

Toen riep Marrit ook, al meende zij er niets van. Zij wist immers waar ik was. Zij had me helpen zweren en me toen achtergelaten. De mieren drongen zich voorbij mijn knie, nu begonnen ze al een beetje klem te zetten.

Later – hoe laat, een uur? Twee uur? – hoorde ik pappa.

'Dodo!' riep hij. 'Dodomeis!'

Ik hoorde aan zijn stem dat hij me – echt echt echt – heel graag wilde vinden. Dat hij nu al treurig was omdat hij me al zo lang niet had gezien.

'Liefje, waar zit je? We gaan eten.'

Heel dichtbij was zijn stem.

Ik sloot mijn ogen weer, omdat ik zijn sigarettenadem rook. Zijn adem, die hem vooruit was gerend. Ik werd vol van verwachting en glimlachte alvast, want dat vond hij fijn, als ik glimlachte. Hij zei altijd dat mijn grootste kracht mijn blijheid was.

Straks zou hij me optillen en de pijn uit mijn benen laten vloeien, zoals alleen hij dat kon. Ik had gewonnen. Hij stond achter me, ik rook hem. Ik probeerde niets te bewegen en niet te denken aan de mieren die nu in mijn onderbroek zaten. Knel tussen mijn vel en het elastiek. Ik had al bijna op de rotste plek van allemaal een enorme kriebelbult. Misschien moest ik in mijn broek plassen, dan verdronken die rotbeesten. Waarom zei pappa niets?

Het is al bijna goed, zei ik tegen mezelf. Straks pak ik in het vakantiehuisje mijn serviesje en kruip ik tegen pappa aan. Dan slaat hij een arm om me heen, zijn rechterarm, zijn sterkste arm. Hij krijgt van mij het beste kopje. Ik zal lief inschenken en drinkgeluidjes maken. En die stomme bruine krullenpop die op Marrit lijkt, krijgt ook een kopje.

'Drink smakelijk,' zeg ik tegen iedereen en knik beleefd. Dan nemen we allemaal een slokje en kijken we naar de Marritpop die eerst stikt en dan hartstikke dood valt. Want haar thee zit vol gif. Dan is zíj uitgestorven.

Het was nu echt donker en nogal koud opeens. Zo koud dat het leek alsof ik twee stenen in mijn broek had in plaats van billen. Ik riep voorzichtig 'pappa?' en wilde opspringen. Maar mijn benen sliepen en ik viel onhandig met mijn hoofd tegen de boomstronk. Mijn broek scheurde, de stilte was doorbroken. Op handen en voeten kroop ik om de boom heen. Niemand.

Nog steeds kon ik niet overeind komen. Dus kroop ik verder. Het huisje was onzichtbaar, maar ik wist de weg. Daar was de veranda, daar was de vensterbank. Ik trok me omhoog en keek naar binnen. Marrit zat in het midden en mijn moeder schepte haar rijst op. Marrit hield haar vork in haar vuist en lachte hardop. Zo mocht je je vork niet vasthouden, maar mijn moeder zei er niets van. Pappa hield een kippenpoot in zijn hand waarmee hij door de lucht zwaaide, hij was blijkbaar een goeie grap aan het vertellen. Mijn moeder gaf Marrit haar bord weer aan, schepte zichzelf op en ging zitten. Haar mond vormde de woorden 'eet smakelijk'. Pappa had zijn tanden al in de kip gezet. Marrit zat met haar neus in de rijst. Ze zagen me niet.

Ik tikte op het raam. 'Hallo, hier ben ik. Hebben jullie me gemist?'

Ik denk niet dat ze me verstonden. Mijn moeder keek op van de rijst, ze keek niet blij. Ze wenkte me en ik hoorde door het glas heen: 'Geen vingers op het raam maken!'

Er sprongen tranen in mijn ogen toen ik het warme huisje binnenstrompelde, ik moest meteen door naar achteren, om mijn handen te wassen. 'Schiet op!' zei mijn moeder boos, maar mijn benen wilden niet sneller. Achter me begon Marrit aan een nieuwe lachbui.

Toen ik terugkwam zat Olifant op mijn stoel. Zijn oor hing er half af en hij bloedde vulsel.

'Die heeft je grote zus voor je van wat kinderen afgepakt,' zei pappa.

'En wat zeg je dan tegen Marrit?' zei mijn moeder.

'Dankjewel Marrit,' zei ik.

8

'Twee jus d'orange,' bestel ik bij de barman. Met een nadrukkelijk kuchje brengt hij de koffie verkeerd die ik net be-
steld heb onder mijn aandacht.

Ik wil me niets meer herinneren, mijn zus was een trut
en eigenlijk is ze dat nog steeds.

'Ik kom ze wel brengen,' zegt de barman, en ik krijg een
stralende barmannenblik. Het soort blik dat in het wild betekent: ik wil jou, nu! Een blik die me, als hij me vanachter
een bar wordt toegeworpen, altijd in verwarring brengt. Zou
hij als ik het lief vraag echt mijn bed instappen? Misschien
wil hij dan na afloop wel een fooi.

'Ik wacht wel,' zeg ik. Hij draait zich weer om, dit keer
naar de sinaasappels en de juspers. Mijn ogen glijden van
zijn rug naar zijn billen, mijn aandacht voor het andere geslacht groeit altijd enorm als Herman op reis is. Ik kijk opzij
naar Marrit en zie dat ze geconcentreerd haar lippenstift bij-
werkt: Mooi zijn kost tijd.

Het vakantiebos en het wereldrecord stilzitten. We gingen
met het hele gezin naar de finale van de tekenwedstrijd. Die
vond plaats in het restaurant annex feestzaal bij de ingang
van het terrein, waar het rook naar sigaren en etenslucht.
Pappa eiste dat iedereen meeging, dus kwam Marrit ook,
met boze ogen.

Het was er overwegend bruin. Bruine tegels, bruin uitgeslagen meubels. Wij gingen hier nooit eten en nooit feestvieren, want mijn moeder vond het vreselijk. Niet alleen vond ze het eten slecht, ze had ook geen zin om 'met al die andere mensen' aan lange tafels te zitten. Volgens Marrit hield onze moeder niet van 'ordinair'. Marrit vond het dom dat ik niet wist wat dat was. Wel vond ik het een prachtig woord, net zoals ik de vrouwen die ze aanwees prachtig vond. Ik bewonderde al die strakke roze trainingspakken, en al dat blond. 'Ordinair,' zei ik wel eens stiekem, omdat het zo lekker klonk.

Marrit had een keer na lang smeken in het restaurant gegeten met een vriendinnetje en vertelde na afloop griezelverhalen over bergen jus en aardappels van zand. Ik had niet zoveel vrienden.

Iemand had een paar slingers om een stapel stoelen gehangen, de overige stoelen stonden in drie rijtjes. Aan de buitenranden waren extra klapstoeltjes neergezet. Wij gingen naar de buitenrand. Ik zat rottig, alsof de zitting van de plastic klapstoel niet goed paste en mijn hoofd niet normaal in het midden wilde blijven, maar alle kanten op wiebelde. Mijn moeder praatte met de mevrouw naast haar, de moeder van het buurjongetje. Er kwamen steeds meer ouders met kinderen binnen. Buiten was het broeierig, binnen ook.

Ten slotte kwam er een mevrouw die een microfoon oppakte en 'test test' fluisterde. Door het blazen van haar stem klonk het alsof het opeens heel hard waaide. De mensen hielden op met praten. De mevrouw vroeg door de microfoon of ik naar voren wilde komen. 'Vvvvvvera Meyer,' woei het door het zaaltje. Ik kwam onhandig van mijn stoel en liep naar haar toe, terwijl zij aan de knoppen van de versterker draaide. De microfoon gaf een luide gil en iedereen drukte zijn handen tegen zijn oren behalve ik, want dat kon je niet doen, zo zichtbaar op het podium.

'Hoe heet je?' vroeg ze toen het rondzingen verholpen

was. Een rare vraag, ze had net mijn naam genoemd toen ze de wind nadeed. Ik keek naar mijn sandalen. Lelijke donkerblauwe gedrochten omdat ik x-benen had, ze bestonden voornamelijk uit vervlochten leren bandjes die als een muilkorf om mijn tenen zaten. Mijn rechterteen stond iets omhoog, stelde ik voor de honderdste keer vast, dat kon je zelfs door de bandjes heen zien. De hoerateen, noemde pappa hem. Ik probeerde niet aan mijn jurk te denken die tussen mijn billen zat, al vanaf het moment dat ik opstond. Marrit had het vast gezien toen ik wegliep, die lette op dat soort dingen. 'Ik schaam me wel eens voor je Vera,' had ze me laatst gezegd, sindsdien schaamde ik me ook voor mezelf. Opeens kriebelden de mierenbulten heel erg, direct onder mijn onderbroekelastiek.

'Ze is vast haar bedankspeech aan het voorbereiden!' De stem van de vrouw klonk harder uit de luidspreker links van me, waardoor ik verschrikt opzij keek. Ik hoorde mijn zus tinkelend giechelen.

De mevrouw ging nu op haar hurken naast me zitten en duwde de microfoon in mijn gezicht. 'Hoe je heet, vroeg ik,' fluisterde ze. Haar stem rook naar sigaretten, veel viezer dan die van pappa. 'Vera Meyer,' zei ik in de microfoon die weer begon rond te zingen. Ik hoorde Marrit harder hinniken en keek weer naar mijn hoerateen.

Ik had met drie viltstiften een tekening gemaakt van ons huisje. 'Vakantie' had ik erboven geschreven. Op de tekening stonden Marrit, pappa, mijn moeder en Olifant. Ikzelf stond om de hoek, had ik mijn moeder uitgelegd. Op het dak had ik voor de gezelligheid een rokende schoorsteen getekend, hoewel het veel te warm was voor een open haard. Er was nog een finalist, maar ik wist zeker dat ik gewonnen had. Er was niemand die zo goed kon kleuren als ik.

'Perfect tussen de lijntjes,' zei de mevrouw met de microfoon, ik zag opeens dat ze mijn tekening vasthad en ernaar tuurde alsof ze hem nog nooit eerder had gezien.

'Ongelooflijk,' zei ze. 'Elk streepje recht naast het andere streepje, dit meisje heeft een streepje voor!'

Ik knikte hoewel ik haar niet begreep. De zaal lachte. Op haar bovenlip had ze een snorretje van vocht. Vanonder mijn wimpers zag ik dat pappa zijn duim naar me opstak. Mijn moeder maakte foto's, Marrit zat in haar neus te peuteren.

'Misschien niet erg origineel,' ging de mevrouw verder, 'maar wel heel keurig.'

Mijn buik deed draaierig, omdat er alweer mensen lachten. We hadden vlak voor de vakantie in de klas een gesprek over originaliteit gehad, maar opeens wist ik niet meer wat het betekende.

Er kwam een dik jongetje naast me staan uit wie plakkerige warmte opsteeg. De mevrouw met de microfoon toonde zijn tekening, een rode vlek die bijna het hele papier bedekte. Een zwarte streep eronder zat die vlek achterna. Het papier was voddig en vet van het krijt.

Ik vond het een stomme tekening.

De mevrouw wist ook niet wat het moest voorstellen. 'Een geplette tomaat?' raadde ze met een hoge stem. Gelach. Ze schoof het jongetje de tekening onder zijn neus – alsof hij niet zou weten wat hij getekend had – en keek hem vragend aan.

'Een brandweerwagen die al bijna voorbij is.'

'Ha ha ha,' lachte de vrouw in de microfoon, pappa lachte ook, ik hoorde hem boven iedereen uit lachen. Ik had het jongetje moeten laten struikelen toen hij langs me schoof, maar ik deed niets, ik stond stram en glimlachte en opeens begreep ik dat als je binnen de lijnen kleurt, je misschien wel in de finale komt, maar nooit wint. Pappa zei: 'En toch ben ik trots op je.' Marrit rende naar buiten om met haar vrienden in een boom te klimmen.

9

De barman zet de jus op een dienblad, naast de koffie verkeerd. Als laatste legt hij met een knipoog voorverpakte
koekjes bij elk koffiekopje. Zijn hand strijkt langs de mijne.
Ik bloos. Een paars en een blauw koekje. 'Dankjewel.' Ik begin voorzichtig aan de terugtocht.

Het meeste hield ik van de zomeravonden in het bovenste
stapelbed. Een keer per week mocht ik daarin slapen, hoewel ik volgens Marrit altijd te veel woelde en mijn moeder
somber voorspelde dat ik eruit zou vallen. Pappa had gezegd: 'Dodo verdient ook wel eens ander uitzicht.'
    Ik hield van het overweldigende gevoel zo ver boven de
grond te hangen. Ik hield van de opwinding van slapen in
een ander bed en dan nog wel het verboden bed van mijn
grote zus. Slapen in het Bovenste Stapelbed maakte de vakantie echt.
    Ik probeerde zo lang mogelijk wakker te blijven en luis-
terde ingespannen naar de nachtgeluiden en de adem van
Marrit. Eerst wachtte ik op de diepe zucht waarmee alle
waakzaamheid haar lichaam verliet. Na die zucht ging ik
over de rand van het bed hangen en keek naar beneden. Ik
wilde haar gezicht uit mijn hoofd leren.
    Ik keek lang naar haar wenkbrauwen en haar enorme
bos krullen. Mensen zeiden vaak dat ze mooi was en dat wil-

de ik zien. Ik wilde zien wat er precies mooi aan haar was, hoe 'mooi' er dan uitzag. Toen wist ik nog niet dat ze met haar ogen speelde. Dat ze over armen streek. Dus bestudeerde ik haar ronde lippen die leken op de mijne. Ik stelde me haar lichtblauwe ogen voor die met het bruinen van haar huid steeds meer opgloeiden. Ik lag ondersteboven naar mijn zus te kijken en dacht: 'Dit is mijn zus en we zitten aan elkaar vast. Of we het nou leuk vinden of niet.' Een zin die mijn vader bij al te grote ruzies wel eens uitsprak. Maar ik vond die zin niet erg. Ik vond het niet erg om aan Marrit vast te zitten. Zeker niet als ze sliep.

Als ik genoeg van Marrit had gezien, draaide ik me terug in bed. Met mijn ogen dicht probeerde ik haar gezicht voor me te zien. Haar gesloten ogen, de halfopen mond. Al vrij snel zweefde het voor me. Daarna probeerde ik hetzelfde met mijn moeder. Die zag ik alleen zoals ze opkeek van haar werk en merkte dat ik te dicht bij haar stond. Pappa bewaarde ik voor het laatst. Die zag ik kijken zoals hij heel soms naar me keek, vol tederheid en met een gezicht vol vakantiestoppelharen. 'Jij bent de liefste,' zei hij wel honderd keer. Ik verlangde naar het ontbijt dat ik morgen met hem zou gaan maken en naar hoe we na afloop samen onze tanden zouden poetsen. Ik op een krukje naast hem, witte schuimbekken trekkend, voor de spiegel. Hij zou naar mij lachen, met zijn tanden vol tandpasta, als ik mazzel had. Dat deden we bijna iedere dag. 'Daar zit ik nou eenmaal aan vast,' mompelde ik bijna geluidloos.

Toen keerde ik terug naar het beeld van slapende Marrit, dat ik met open ogen op het plafond boven me probeerde te zien. Mijn zussenbeeld.

Maar het was al te laat. Ze was al uit mijn hoofd verdwenen.

'Jezus,' zegt ze als ik het dienblad neerzet. 'Jij dacht zeker: die Marrit heeft alle tijd, ik pak de barman even.'

Ik reik haar de jus en de koffie aan.

'Ik heb hem gehad, wist je dat?' zegt ze met een knikje naar de bar. Ze stopt met het aaien van Agaath, pakt het paarse koekzakje van haar schoteltje. Hoewel ze er met kracht in knijpt, ziet het er toch sierlijk uit.

'Niet alleen zijn ogen zijn mooi, als je begrijpt wat ik bedoel, hij is echt de moeite waard. Of ben jij nog met je buurman bezig?' Ze kijkt naar me op.

'Dank je,' zeg ik ijzig en sla mijn jus achterover. 'Ik heb al bijna zes jaar een vaste vriend.' Ik zet het lege glas met een zwierig gebaar neer en tik daarbij het sap van mijn zus om. Het stroomt van de tafel over haar benen. Marrit springt niet op, zoals ik van haar gewend ben, maar trekt onhandig haar benen iets naar achteren en pakt dan traag een servetje om zich schoon te vegen. Haar benen zijn ook een stuk dikker geworden.

Mijn ogen ontmoeten de hare, maar we zeggen niets. Ze trekt mijn koffie verkeerd naar zich toe. En zonder iets te vragen pakt ze mijn koekje van het schoteltje en knijpt met witte knokkels in het zakje. Ze blijft me strak aankijken. Agaath komt behulpzaam half overeind, waarbij hij het ta feltje meeneemt. De koffie wankelt. Eén snauw van mijn zus is voldoende om hem weer te doen neerzijgen.

'Zo,' zegt ze en opent de koekverpakkingen om de kruimels op haar hond te laten neerdalen. Agaath stofzuigert gretig. 'Jij hoefde toch niet?' Zelfs gemeen is ze aantrekkelijk.

Vlak voor ik naar de brugklas ging, heb ik het haar gesmeekt. 'Maak me mooi, alsjeblieft, zeg hoe ik mooi kan worden.' Ik had er vijftig extra afwasbeurten voor over. Marrit keek op van haar huiswerk en beval me voor haar te gaan staan.

'Draai eens een rondje.'

Ik draaide een rondje.

'En nu de andere kant op.'

Ik draaide.

'Zeg eens iets grappigs.'

Ik vertelde de mop van het konijn en het hangbuikzwijntje.

Ze staarde me blanco aan. 'Je moet heel aandachtig kijken,' zei ze. 'Alsof je niets anders wil horen dan zijn woorden.'

Ik probeerde het, maar volgens Marrit keek ik scheel.

'Je moet naar zijn lippen kijken als je lacht,' zei ze.

Dat vond ik een vies idee. De meeste jongensmonden hadden korstjes.

'Lach eens traag,' zei ze.

Ik liet zo langzaam mogelijk mijn mondhoeken omhoogkruipen.

Ze zuchtte: 'Ik denk niet dat het zin heeft.'

Agaath heeft de kruimels op, Marrit en ik roeren allebei in onze koffie.

Misschien moet ik dit eens op mijn werk voorstellen: een item over duo's in café's. Zwijgende koffieroerders. Een compilatie van alsmaar nieuwe gezichten die voor zich uit staren en het getik van de lepeltjes. Fons zou het niets vinden. 'Te vergezocht.'

Ik neem een slok en kijk naar mijn zus. Nu moet ik het vragen. Nu moet ik luchtig informeren wat ze eigenlijk bedoelde, wat ze van me wil. Mijn blik keert terug naar mijn gympen.

'Waar moet ik beginnen,' zegt ze.

Het is geen vraag.

'Ik heb het er zelfs met Raf over gehad. Hij vond dat ik het moest proberen. Dat je dat recht had als zus. Maar jij bent zo...'

Ze heeft met een wildvreemde over mij gepraat. Ik sla mijn armen over elkaar en neurie de begintune van een doktersserie.

'Weet je wat ik niet kan uitstaan?' zegt ze dan en diept

een sigaret op uit haar tas. 'Dat jij tegen mij altijd zo kinderachtig doet en tegen de rest van de wereld het gezellige meisje uithangt.'

'Echt niet,' zeg ik, maar ze steekt haar vinger op, als een schooljuf.

'Alles maakt je bang. Mannen maken je bang, de waarheid maakt je bang. Ik heb Herman praktisch op je mond moeten drukken. En daarna moest ik alsmaar de vrouwen van hem afslaan.'

'Jezelf zeker.'

Weer dat vingertje.

'Jij wordt per situatie iemand anders. Jij bent bang om gekend te zijn en daarom verstop je je zodra iemand te dicht in de buurt komt. Geen wonder dat je geen vrienden hebt, iedereen vindt je óf saai, óf gek.'

'Doe niet zo lullig,' zeg ik.

'Echt,' zegt mijn zus, 'niemand weet wie je echt bent.'

'Jij toch wel,' wil ik zeggen.

Marrit neemt een trek van haar sigaret en blaast door getuite lippen uit.

'We hadden een verbond,' zeg ik aarzelend.

Ze lacht en blaast haar rook in mijn richting.

De barjongen kijkt gealarmeerd onze kant op. Overal in het café hangen bordjes dat roken verboden is, maar hij doet niets.

'Kom op nou Mar,' zeg ik gedempt, 'onze verhalen, wij samen tegen de wereld, dat was echt, dat weet je toch nog wel?' Ik durf het nauwelijks hardop te zeggen.

Marrit zwijgt, blaast een wolk uit, tipt af in haar koffie.

'Jij bent de enige die mijn verhalen kent,' zeg ik en dan weet ik niet meer hoe ik verder moet.

'Nu doe je het weer,' zegt Marrit. Er klinkt irritatie in haar stem. 'Dat lieve, dat zachte, dat kwetsbare,' – ze inhaleert – 'dat doe je alleen maar omdat je denkt dat het schattig is. Dat heeft je vader je een keer wijsgemaakt.'

'Hou op!' Ik kom half overeind.

Agaath blaft.

We staren elkaar aan, ze kijkt een beetje lacherig, alsof ik een grap ben. Ik ga weer zitten.

'Hou je kop! Níjltje,' zeg ik, 'Jij dendert toch ook nog steeds over iedereen heen.'

Ze lacht nog net zo gemeen, dus praat ik verder. 'Jij kunt het gewoon niet uitstaan dat hij altijd meer van mij heeft gehouden.'

'Meer van mij gehouden,' bauwt ze me na. 'Je weet niet eens waar hij is.'

Ik laat me achteroverzakken.

'Trouwens,' – ze inhaleert gretig – 'wist je al dat ik een nieuwe vriend heb?'

'O?'

'De dokter.'

'De dokter.'

'Míjn dokter, Raf, normaal gaat hij nooit met patiënten uit, zei hij. Maar door mij ging dat vanzelf, bijzonder hè?'

'Tuurlijk Mar, en met hem ga je een nieuw leven beginnen.'

'En in mijn nieuwe leven is geen plaats voor zeikzusjes.'

'Daar gaan we weer.'

'Hij had het al over kinderen.' Ze kijkt me recht aan.

'Echt echt echt?' Ik wil haar niet geloven, maar ze ziet er erg overtuigend uit.

'Ik deed hem aan een achternichtje denken,' zegt ze. 'Een achternichtje dat model is.'

Ik zie haar lopen op die vette wiebelbenen met extra hoge hakken aan de arm van haar knappe dokter. Hoogzwanger natuurlijk en hij houdt de deur voor haar open. Als ze binnen komen, snellen obers hen van alle kanten tegemoet. Ze eten kaviaar met champagne en geven elkaar om de paar happen een kus. Gelukkig blijft er bij dokter Raf wat kaviaar tussen zijn tanden kleven.

'Grappig hè,' zegt Marrit, 'dat ik elke man kan krijgen die ik wil.'

'Je kan ze kríjgen Mar, maar houden...'

'En dat terwijl jij niet eens weet hoe lang dat vaste vriendje van je wegblijft. Jij wordt toch altijd een beetje raar als hij weg is? Alsof je bodem wegvalt, toch?' Ze doet mijn stem na bij haar laatste zin, voor de honderdste keer neem ik me voor mijn zus nooit meer iets te vertellen.

Ik ga wat rechter zitten. 'Ik dacht dat we het over dat interessante verleden van ons gingen hebben.'

'Ooo Herman, waar blijf je nou,' doet Marrit.

'Hou jij je nou maar bezig met doodgaan.'

'Fijn, goed, geweldig,' Ze drukt met een snelle beweging haar sigaret in haar koffiekopje, de barman haalt opgelucht adem. 'Ik heb toch al nooit begrepen wat die vent in je ziet.'

'Nog nieuws over Berend?' Die troef heb ik voor het laatst bewaard. 'Hoe heette zijn vriendin ook alweer? Hoera?'

'Helga.'

'Helga! Berend en Helga, die gingen iets doen vorige week, net nadat jij uit het ziekenhuis kwam.'

Mijn zus hoest en zwijgt.

'Weet je het niet?'

Ze schudt haar hoofd, blijkbaar heeft niemand haar op de hoogte gebracht, is Berend toch niet zó belangrijk dat hij het journaal haalt.

Ik doe alsof ik diep nadenk en schuif op mijn stoel.

'Ik weet het weer!' zeg ik ten slotte blij, 'ze zijn getrouwd.'

Mijn zus zoekt naar een nieuwe sigaret, haar hand trilt.

'Nee!' roep ik uit, de klinkers rekkend, 'wíst je dat niet? Wat érg, wat gênant! Kan je iedere man krijgen behalve de man die je wilt.' Ik doe alsof ik haar liefdevol op haar hand ga tikken maar die trekt ze weg. 'Gelukkig heb je nu je eigen dokter.'

Ik hou mijn triomfantelijke grijns niet voor me.

10

'We zijn ruimdenkend,' zei Marrit nadat ik Berend voor het eerst met een andere vrouw zag flirten.

'Ze zijn ruimdenkend,' zei ook Herman toen ik mijn verwarring uitsprak. We gingen met zijn vieren naar een feestje. 'Berend!' riep een prachtige vrouw en Berend was meteen vertrokken. Marrit bleef een tijdje bij ons staan, gestaag wijn tankend. Ik zat met Herman in een hoekje en hield zijn hand stijf vast. Als hij dreigde op te staan, gaf ik er kleine rukjes aan.

Aan het einde van de avond wierp Marrit zich op de gastheer, niet lang daarna was het feest afgelopen.

Toch bleven Marrit en Berend samen. 'Wij hebben echte liefde,' legde ze uit, 'met die anderen is het gewoon seks.' Maar toen kwam Berend een jaar geleden opeens met een serieuze affaire op de proppen: Helga. Marrit was bij Herman en mij komen uithuilen. 'Hij zegt,' had ze gesnotterd, 'dat zij zijn jeugdliefde is. Van nog voor de middelbare school, uit de zandbak. Ze speelden elke dag samen, tot zij naar een andere stad verhuisde. Hij heeft altijd naar haar verlangd, zegt hij. Het moet "zo zijn". Verdomme.'

Ik moest een beetje lachen om het beeld van Berend die zijn schepje deelt met een andere kleuter. Allebei een half bakje zand na de scheiding.

'Je vindt wel een ander,' troostte Herman en aaide gevoelvol over Marrits sportschoolarm. Kort daarop verhuisde ze naar Purmerend en deed Agaath zijn intrede.

In het afgelopen jaar was ze snel veranderd. Ik genoot heimelijk van de pathetische manier waarop ze op haar crèmekleurige bank in haar overvolle prullariahuis beweerde dat Amsterdam haar te druk was. Ze kreeg nieuwe vriendinnen die haar Riet of Rita noemden. Ze ging fleurige mantelpakjes dragen. Haar lokken kregen steeds meer gouden accenten. Mijn zus veranderde in een ordinaire vrouw.

Ze roert de peuk door haar koffie. We zwijgen nog steeds.

Agaath kreunt en Marrit staat op om wat water voor hem te vragen. Haar opgeblazen knieën kraken.

Ik verdiep me in de suikerklontjes die in een plastic bakje op tafel staan. Ik moet het vragen, ik móet het vragen.

Marrit komt terug en buigt zich over haar hond. Het beest slobbert alsof het is uitgedroogd.

In Amsterdam staan geen suikerklontjes op tafels. Ik zeg dat ik het vertederend dorps vind en begin twee torens te bouwen. Marrit reageert niet.

De ene toren heb ik perfect recht. De andere bestaat uit de beschadigde suikerklontjes. 'Dat ben ik,' zegt Marrit en stopt een kapot suikerklontje in haar mond.

'Aanstelster!' Ik probeer luchtig te klinken.

Ik geef mijn pogingen op en leun weer achterover. 'Zeg het maar,' zeg ik ten slotte.

Marrit krabt met een lange nagel aan een korst op het tafelblad en kijkt niet naar me. Ze geeft geen antwoord.

'Wat wilde je in het ziekenhuis vertellen over vroeger?' Ik hoor hoe mijn stem omhoogschiet – beheers je Vera, praat normaal. 'Want er is heel veel dat ik al wél weet. Jij vindt mijn manier van leven niet goed. Jij vindt mijn vriend niet goed genoeg, jij vindt dat ik op mijn werk moet vertellen dat ik in mijn vrije tijd verhalen verzin. Dat ik geen hardwerkende leuke meid ben, maar angstig en misschien een beet-

je bijgelovig. Want daar zit echt iedereen op te wachten.'
Mijn hart bonst, mijn handen zijn vuisten.

'Je doet het prima,' zegt Marrit. Ze kijkt me aan met de
blik die haar zo geliefd maakt. Ogen vol aandacht. Aanmoe-
digend, alsof ze écht wil dat ik verderga.

Als ik niet oppas ga ik huilen. 'Maar dat weet ik dus allemaal al. Dankzij mijn lieve zus. Anders nog iets?'

Marrit hoest en wendt haar blik af. 'Het zal wel te eng
voor je zijn geweest om te onthouden.' Er zit zanderigheid
in haar stem. 'Maar vind je het niet vreemd dat je zo weinig
controle hebt over je geheugen?'

'Oké,' zeg ik, 'vertel het.' Ik buig een beetje naar voren,
mijn grote zus vingert een nieuwe sigaret uit haar pakje. Ze
steekt hem aan, inhaleert diep en blaast opnieuw de rook in
mijn gezicht. De as tipt ze naast Agaath op de grond. Het
beest snuift er verheugd aan en proest. Zou haar dokter
haar niet zeggen dat ze moet stoppen met roken? Als ik zo
van dichtbij naar haar kijk, herken ik haar nauwelijks. De
dikke wallen onder haar ogen, die droevige mond en al dat
plotselinge vet. Ze lijkt ineens op mijn moeder.

Marrit blaast nog meer rook in mijn gezicht. 'Zit je weer
te dromen?'

Nu komt de barman toch eindelijk aanlopen.

'Marrit...' hij kucht verlegen.

'De laatste keer dat ik je zag mocht het wel.' Haar ho-
ningstem. Ik zie in vertraging hoe haar arm naar de zijne
reikt, ik zie ook hoe hij zich een beetje terugtrekt. Vindt hij
mijn zus onaantrekkelijk geworden? Ze merkt het en zegt:
'Wat is er, jongen?'

'Je bent bijna te mooi,' zegt de barman en komt weer
dichterbij.

Mijn zus die alle mannen kan krijgen die ze wil. Zelfs als
we in gesprek zijn.

Opeens ben ik woedend. Wat denkt ze wel! Ik kom hier
toch niet om naar haar geflirt te kijken. 'Waarom vertel je

het niet gewoon?' gil ik. 'Rot toch op met je kutgeheimen!' Ik sla met mijn vuist op tafel, mijn suikertoren stort in elkaar.

'Nu ben jij ook stuk.' Marrit wijst naar de klontjes.

Agaath is opgesprongen en blaft en rukt aan de tafel.

Ik kijk naar die irritante glimlach van mijn zus.

'Dit heeft geen zin,' piep ik, mijn wangen gloeien. Ik graai mijn mobiel uit de suikerravage en pak mijn jas van de stoel. Vlak voor ik me omdraai, grijp ik nog een handvol suiker en gooi die naar Marrit. 'Trut!' Agaath springt woest blaffend op me af, het tafeltje meetrekkend. Ik ren weg. 'Peuter!' roept Marrit me na. De reactie van de barman blijft achter de dichtslaande deur.

II

Mijn moeder had twee baantjes tegelijk om genoeg geld te verdienen voor mijn zus en mij. Daarom was ze vaak ook 's avonds weg en ze eiste zelfs toen ik al dertien was dat Marrit thuisbleef om op mij te passen. Meestal was dat vreselijk. Eerst zat ik eenzaam te wachten tot Marrit haar huiswerk had gemaakt, met Berend had gebeld en al haar vrienden gesproken had, daarna gaf ze me opdrachten. 'Poets de gang!' Of: 'Maak onze kamer schoon!'

Als ik het niet deed kreeg ik geen eten. Soms koos ik voor geen eten.

Maar af en toe was ze in een goede bui. Dan kwam ze na haar huiswerk naast me op de bank zitten.

'Wat kijk je Dodo,' zei ze en trok de afstandsbediening uit mijn hand. Gauw schoof ik dichter naar haar toe. 'Niks.' Ik leunde tegen haar aan en zij zapte. Ik durfde nooit te bewegen als we zo zaten en ging ook niet plassen, zelfs als ik heel erg moest.

'We gaan later samen op een berg in een kasteel wonen,' zei ik dan.

'Kinderachtig zusje,' zei ze, sloeg een arm om me heen en aaide me. Dan moest ik mijn ogen wel dicht doen. Zo fijn was het.

Aan die arm moet ik denken als ik in de trein mijn gloeiende hoofd tegen de ruit druk. Weg van Purmerend, het is weer eens misgegaan. Terwijl ik deze keer echt van plan was er werk van te maken.

Ik had iets bijdehands over de fooi van de barman moeten vragen. Ik had over de schaarse sms'jes van Herman moeten vertellen, had ze kunnen foeteren.

Marrit en ik hadden innig afscheid moeten nemen en dan had ze kunnen vertellen wat dat geheim nou is. En wat er volgens haar met ons verbond is gebeurd.

Er zijn nog zestien dagen over om erachter te komen.

'Daarnet is om te vergeten,' scandeer ik in het Amsterdamse Centraal Station op de maat van mijn voetstappen. Verlost van Marrit, haar barman en Purmerend loop ik door de stationshal. Ze haat me. Nou en?

De drukte, de kilometers tussen mijn zus en mij luchten me op. Maar als ik straks thuiskom is Herman er niet. Dit zou een goed verhaal zijn om hem te vertellen. Hoe mijn zus eerst ziek werd, maar nu weer beter is en venijniger dan ooit.

'Marrit kan niet stuk,' zou Herman zeggen.

Op de borden zoek ik de trein naar Brussel op. Over een halfuur gaat er een. Ik onderstreep met mijn vinger de juiste tijd. De trein naar België, als hij me nu vertelt waar hij is, spring ik er zo in. Daar is de voice-over weer. 'Ze aarzelt op het station of ze naar haar vriend zal gaan. Ze weet niet, dat hij op dat moment erg naar haar verlangt.'

Ik bel Herman, hij neemt niet op. Ik spreek iets vrolijks in, laat niets merken van mijn irritatie over zijn radiostilte. Het is maar goed dat hij zo'n trouwe en opgewekte vriendin heeft.

Op een dag werd Marrit uitgeroepen tot 'leukste meisje van de school'. Door de jongens, wat een enorme eer was. De jongens konden hun ogen niet van haar afhouden. Marrit riep 'gut néé' en glimlachte. Berend sloeg bezitterig een arm om haar heen. Ik stond bij de ingang naar haar te kijken. Ze was vele lichtjaren van mij verwijderd. Ik snapte het wel. Hoe ze haar hoofd schuin hield als ze naar iemand keek. Hoe een lach klein begon en maar zelden doorbrak, zodat de jongens steeds dommere grapjes maakten in de hoop haar te verleiden. Zelfs als ze met haar vriendinnen stond te giechelen, was háár giechel het minst stom. 'Hoe doe je dat?' vroeg ik haar een keer ernstig, 'zo giechelen en er toch niet belachelijk uitzien?' Ze zei dat ik gek was.

Steeds vaker sliep ik al op de bank in de woonkamer omdat Berend 's nachts bij haar kwam binnensluipen. Tegen mijn moeder zei ik dat ik een plek voor mezelf wilde. Mijn moeder vond het best.

Als mijn moeder thuis was klom Berend 's nachts omhoog langs de gevel. 's Ochtends heel vroeg vertrok hij weer door de voordeur. 'Zó romantisch,' kirde Marrit. Hoewel ik haar tegen een vriendin hoorde zeggen dat ze 'het' nog niet hadden gedaan, kon ik ze vanaf mijn bank horen rollen en kraken in bed. Ik lag er de hele nacht naar te luisteren.

Marrit was na haar uitverkiezing nóg blijer met zichzelf dan ervoor. Ze vond al mijn vragen en al mijn grapjes belachelijk en al helemaal als Berend erbij was. Als Berend binnenkwam, kreeg ik opeens meer energie in mijn benen, sprong hoger en juichte harder. Als ik iets zei waar Berend om lachte keek Marrit boos. 'Straks denkt ze dat ze leuk is.' Dan keek Berend achter haar rug om naar mij en stak zijn duim omhoog.

Hoe aardig ik Berend ook vond, op de bank slapen vond ik vreselijk. De bank was tweedehands en doorgezakt en de vorige eigenaar had een hond waarvan de geur en haren diep in het binnenste waren doorgedrongen.

Een week na Marrits uitverkiezing was het weer zover. Ze zei losjes 'Beer komt vanavond, dus eh...' De nonchalante manier waarop Marrit het zei maakte me achterdochtig, maar ik sjokte zonder commentaar naar boven om de dekens van mijn bed te trekken. Toen ik weer beneden kwam, stond Berend al in het halletje met mijn zus te zoenen. 'O hoi,' zei hij toen ik voorbijliep, maar hij lachte niet, zoals normaal, hij keek alleen maar naar Marrit.

Die nacht hoorde ik ze ritmisch kraken. Langzaam, sneller, nog sneller. Ik staarde in het duister en luisterde, hoewel ik niet wilde luisteren. Het duurde niet lang, een minuut of vijf. Toen rook ik hun sigaretten.

Ik zag ze zitten. Half overeind, met het laken achteloos om zich heen geslagen. Misschien deelden ze die sigaret wel. Ging hij van zijn mond naar haar mond en weer terug. Ik stelde me voor hoe ik Marrit was en naar Berend keek. Op haar speciale Marritmanier. Hoe hij er heel anders uit zou zien, bevredigd, in mij geweest. In mij geweest. Hij zou terugkijken, vol bewondering.

Tegen het ochtendgloren hoorde ik hem naar beneden komen. Hij moest vlak langs mijn bank om bij de deur te komen. Ik probeerde zo diep en slapend mogelijk te ademen. Zodra zijn voetstappen de trap afkwamen had ik het laken al teruggeslagen, zodat mijn bovenlichaam bloot kwam te liggen. Mijn gezicht lag opzij in de kuil van mijn arm, mijn haar zoveel mogelijk uitgewaaierd. Het was een pose die ik een keer op een foto had gezien. Mijn pyjamajas had ik onder het kussen van de bank verstopt. Het was erg koud, mijn tepels werden harder, ik had ze nog nooit zo bewust harder voelen worden. Niet te hard, probeerde ik naar mijn lijf te seinen, een beetje maar, onschuldig hard, alsof ik toevallig altijd zo slaap.

Ik moest steeds slikken, alsof mijn mond niet meer wist hoe het mijn speeksel moest reguleren. Ik hoopte dat Berend naar me zou kijken zoals hij soms naar Marrit keek.

Ik hoorde de onderste tree kraken, nu kon hij me bijna zien. Nog twee stappen en dan moest ik in beeld zijn, stopte hij? Hij stopte. Het was heel stil in de kamer, ik slikte en probeerde het onzichtbaar te doen. Hoorde ik hem ademen? Mijn hart klopte zo wild dat ik het niet zeker wist. Misschien ging mijn borstkas wel te snel op en neer. Ik moest slaperig zuchten, ik probeerde het en het klonk vreselijk. Kwam hij dichterbij? Boog hij zich naar me toe? Ik hoorde zijn jas ritselen.

De arm die ik zo bevallig omhoog had gekanteld en waar mijn hoofd in rustte, tintelde. Ik wou Berend zien, ik wou weten wat hij zag. Ik voelde hoe mijn benen begonnen te trillen en rustig ademen deed ik ook allang niet meer. Toen klonk de klik van de buitendeur. Hij was weg. Voor de zekerheid hield ik nog heel even mijn ogen dicht en deed alsof ik me in mijn slaap op mijn zij draaide en tegelijk de dekens weer om me heen trok. Toen deed ik mijn ogen open en staarde naar het tapijt onder het bijzettafeltje. Zo bleef ik liggen tot het licht werd.

12

Thuis ga ik achter de computer zitten.

*Haai Mar, ik stuur je maar een mailtje wegens dinges daar-
net, dat vond ik namelijk drie keer niks. Snel nog eens proberen? Kus van je zus*

Ik druk op de sendknop en ga douchen. De wc stinkt nog
steeds.

Er is iets met het water, denk ik, terwijl ik omhoog in de
stralen kijk. De natheid en de hitte zijn onnatuurlijk. Mijn
huid smelt ervan. Maar het is de enige manier om echt
schoon te worden. Ik was mijn haren met veel shampoo. Je
kunt niet eens weten of ze aankomen, die sms'jes. Hoe onthouden die dingen waar ze heen moeten? Ik smeer mijn lijf
vol doucheschuim van Herman en glij met mijn vinger
langs mijn tepel naar beneden, heet ben ik. Ik aai en draai
en leun met mijn rug tegen de koele tegels. De douchekop
breng ik naar beneden en ik kreun. Eerst zachtjes om mezelf op te winden, dan harder en echter met het ritme van
mijn wrijvende vinger. Ik probeer niet te hard te duwen,
mezelf in te tomen. Ik wil zachtjes, tergend zachtjes, zoals
de barjongen dat misschien zou doen. Of Fons, mijn baas,
die op zijn knieën voor me zou zakken en zijn mond zacht
maar stevig tegen mijn schaamhaar zou drukken. Of samen. De bakkebaarden van de barjongen kriebelend tegen

mijn dijen. 'O Berend,' kreun ik. Pak me. Ik steek een vinger diep naar binnen. Misschien hoort Simeon mijn gekreun en komt hij kijken of het wel goed met me gaat. Komt hij net nu binnen en hoort hij de douche lopen. Sneller. Trekt hij de deur open en ziet hij me hier staan, stapt hij zo onder het water. Nog sneller en harder en dan loslaten. Huiverend kom ik klaar.

Nadruipend en met een handdoek op mijn hoofd orden ik de keuken. Ik zet de oren van alle kopjes in de keukenkast de juiste kant op en boen met mijn ogen dicht nog eens over de ingevreten verf op het keukenblad, mijn onrust is nog niet bevredigd.

'Ze voelde dat ze iets moest doen,' zegt de voice-over onverbiddelijk. Zinloos door het huis dwalen is geen optie.

Ik ga voor het raam staan en trek drie punaises los. Maar ik til het doek niet op. Met de punaises in mijn hand stel ik me voor hoe hij op me af zal komen lopen, mijn geheime man. Naakt natuurlijk, nog nat van het water. Zijn stijve geslacht vanonder zijn buik – niet te veel aan die dikke buik denken. 'Kom hier schatje,' zal hij zeggen. Of nee. Hij zal niets zeggen. Hij zal al voor me staan. Hij zal voor me staan en een tedere warme, wat ruwe hand op mijn schouders leggen. Zijn duim vlak bij mijn borst. Hij zal mijn borst niet aanraken, niet meteen, hij zal weten dat teder strelen al genoeg kan zijn. Ik zal aan zijn blik kunnen zien dat hij me al een tijdje kent, dat hij me al eerder heeft bekeken, maar dat ik dat niet wist.

De bubbels om me heen, zijn lichaam tegenover het mijne. Zijn lichaam op het mijne, zijn mond die net zo zal voelen als het water waardoor hij overal is, in me is. Met hem zal ik meer samen zijn dan met welk ander levend wezen dan ook.

Ik haal diep adem. Het is Hermans schuld. Hoe langer hij weg is, hoe meer ik een nieuwe man nodig heb. Hij zegt dat hij dat ook heeft, dat hij als hij mij te lang niet ziet ook naar andere vrouwen gaat kijken. 'Anders nooit,' zegt hij, 'maar op reis wel. Zo ben ik nu eenmaal.'

'Zo ben ik nu eenmaal,' zeg ik tegen mijn kat en dan til ik het doek op. Mijn overbuurman is thuis. 'Ze keek alweer naar hem,' zegt de Stem.

Mijn overbuurman in bad. Ik volg zijn contouren op het raam, dan blaas ik erop, zodat alleen de lijnen oplichten en hij verdwijnt. Ik veeg mijn adem weg, kijk opnieuw, blaas weer, maak een andere tekening. Hij ligt doodstil in het water. Ik teken zijn wenkbrauwen. Zijn rechterhand hangt iets over de rand. Zou hij het koud hebben? Hij beweegt hem, haalt hem door het water. Houdt hem in het water. Ik teken zijn arm onder water. Zou hij naar muziek luisteren? Iets ijls. Een zingende vrouw misschien. Nee. Hij luistert geen muziek. Het is stil aan de overkant. Ik teken een hartje en blaas erop.

Ten slotte druk ik een kus op de ruit en laat het doek vallen. Ik prik de punaises terug en voel me schuldig. Hermans plek is leeg, op zijn hoofdkussen ligt Echie met zijn dikke lijf te wachten tot ik eindelijk kom slapen. Het is nacht geworden, hoe lang heb ik voor het raam gestaan?

Ik kruip in bed naast Echie, klaarwakker. Echie kijkt snorrend naar me op. Marrit heeft hem me jaren geleden cadeau gedaan. 'Dit is voor Echie,' zei ze zelfingenomen.

Het is zo lastig met mensen, ze zeggen nooit wat ze bedoelen. En als ze denken te weten wat ze bedoelen, dan menen ze het niet, of bedoelen ze tegelijk ook iets anders. Ik snap niet dat Marrit beweert dat er een 'echt' leven is en dat ik daar niet aan deelneem. Mensen bestaan uit een heleboel stukjes 'echt' en daar zitten rottige en aangename stukjes tussen. Ik kies zoveel mogelijk de aangename stukjes uit, dat is alles.

De volgende ochtend heeft ze nog niet op mijn e-mail gereageerd. Het regent alweer, de zondag strekt zich voor me uit. Kon ik vandaag maar naar mijn werk. Gewoon wat rond-surfen, misschien nog een item maken, nog maar één gek-kie en ik heb de strijd gewonnen. Dan drinken we met zijn allen een biertje op mijn gezondheid.

Ik overweeg mijn moeder te bellen om haar te vragen wat Marrit me niet vertelt. Maar de kans bestaat dat ze het niet weet en de kans is nog groter dat ze er niet over wil pra-ten. Marrit zou boos zijn als ik het aan mijn moeder vraag, dat ook.

Ik hijs me in een regenpak en rijd naar het centrum. De helft van de winkels is open. In mijn druipende fietspak loop ik doelloos door de winkelstraat. Ik kom bij een boek-handel uit. In de etalageruit, zie ik mezelf; een mosgroene plastic zak met een nat hoofd.

Ik ben te nat voor de winkel en blijf voor de etalage dra-len. Geen van de boeken die er liggen, heb ik gelezen. Wel heb ik erover gelezen, dat krijg je als je voor de Witte Raaf werkt. Dan weet je van alles een beetje.

Vroeger bezat ik vijf boeken en die las ik steeds opnieuw. De kaften doorgeknakt en de bladzijden verkreukeld. 'Wil je geen nieuw boek?' vroeg mijn moeder wel eens, maar dat hoefde niet van mij. Ik vond het fijn om de bladzijdes om te slaan en te weten wat er ging komen.

Ten slotte ga ik toch de boekhandel binnen en kies van de tafel 'thrillers' het boek dat boven aan de bestsellerlijst staat. Het kan geen kwaad mijn dapperheid te oefenen en waar kan dat beter mee dan met een eng boek.

Marrit zou me uitlachen. Maar Marrit lacht me altijd uit.

'Is het een cadeau?' vraagt de vrouw aan de balie. Ze draagt een leesbril die op de punt van haar neus hangt met aan weerszijden een kettinkje. Het soort kettinkje dat je soms aan een stop in een bad ziet.

'Ja, een cadeau,' zeg ik.

Als ik thuiskom ga ik meteen in bed liggen lezen. Over het omslag is als een sjerp het woord 'Adembenemend' ge-

plakt. De eerste regels vervelen me al. Ik duw Echie van me
af en neem een douche. Dan ga ik naar de sportschool, waar
ik net op tijd ben voor de yogales. Mijn leraar is een blonde
hippie die dagelijks zijn benen in zijn nek legt en me al eerder vreselijke rugpijn heeft bezorgd. Dat ligt aan mij, dat
weet ik zeker, daarom probeer ik het iedere keer opnieuw.
Van de leraar moeten we 'partneroefeningen' doen en ik
word ingedeeld bij een vrouw in een oversized T-shirt die
me ernstig vertelt dat ze voor het eerst in haar leven twintig
kilo is afgevallen en nog nooit een handstand heeft gedaan.
'Nog nooit een handstand?' zeg ik ongelovig, alsof ik er zelf
iedere dag een doe. De vrouw heeft poedelhaar en loshan-
gende wangzakken, het is niet moeilijk de dikkerd in haar
terug te vinden. Zou Marrit er ook zo gaan uitzien? Of moet
je daarvoor langer dik zijn geweest?

De leraar roept ons tot de orde.

Thuis ga ik opnieuw uitgebreid onder de douche. Als mijn
kat van water had gehouden, had ik hem meegesleept. Ik
wil niet naar mijn overbuurman loeren, heb besloten dat ik
daarmee stop. Maar aan het begin van de avond kan ik geen
bevredigende bezigheid meer verzinnen. Ik heb al een fles
wijn op, mijn dagmaximum, en voor tv ben ik te rusteloos.
Marrit heeft nog steeds niet gemaild en van mijn moeder
hoor ik ook niks.

Dan maar wandelen. Marrit vertelde een keer dat ze tijdens de schaarse zakenreizen van Berend altijd ging wandelen. Buiten stormt het, ik trek opnieuw mijn regenpak aan
en grijp net de deurknop als mijn mobiel gaat. Mijn hart
stokt. Herman.

Het is mijn zus.

'Ik ben zo verliefd!' roept ze zonder inleiding. 'Het was
zó romantisch. We waren in een heel mooi restaurant in
Amsterdam! Raf en ik!'

'Raf en jij.'

'Hij is echt het soort man dat je wilt houden, hij is kieskeurig, hij vertelde dat hij een lijst met eigenschappen van de ideale vrouw bijhoudt.'

'En dat je op zijn achternicht leek.'

'En dat ik daar be-hoor-lijk aan voldoe.'

'Dus zijn achternicht is de ideale vrouw.'

Ik laat mijn ogen door de flat dwalen. Ze heeft gisteren niet verteld dat ze een afspraak had. Hoe kan ik haar vertrouwen als ze me niks vertelt?

Kan ik haar nu nog wel vertellen dat Herman niets van zich heeft laten horen en dat ze daarom best een beetje mag dimmen? Zou het helpen? Zou zij zich dan ook zorgen over mij maken?

Opeens heb ik de nieuwe thriller in mijn hand en werp hem op de grond. Het boek komt met zijn letters naar beneden terecht, de kaft uitgespreid.

'Adembenemend,' zeg ik.

'Vera?' hoor ik Marrit zeggen, 'gaat het?'

Ik ga Herman geheim houden. Het gaat haar niets aan. Ik zet een voet op het boek. Ik wil het horen kraken. 'Het gaat best,' zeg ik. Het boek kraakt niet.

Misschien is Herman verongelukt en vreselijk om het leven aan het komen. Op dit moment.

Ik zie hem in tal van gruwelijke houdingen langs de kant van de weg liggen. Met geknakte benen. Met een gehalveerd gezicht en een oog dat nog aan een draadje uit een oogkas hangt. Reutelend met een enorm vrachtwagenwiel op zijn geplette torso. Vooral dat laatste hakt er goed in, ik blijf het inwendig terugspoelen en herhalen.

'Wat originéél,' zeg ik tegen Marrit die nu vertelt dat Raf een rode roos voor haar heeft gekocht. Er is iets met haar stem, beetje hoog, beetje hijgerig, ik ben benieuwd hoe dik ze nu is.

'Was je niet te dik voor hem?' Oei, nu heb ik het gewoon gezegd.

Daar gaat ze weer, met haar lachje. 'Ik ben met die rotmedicijnen gestopt dus ik val supersnel af. Ik voel me zó goed.'

'Mag dat wel?' vraag ik.

Maar volgens Marrit laten ze het de patiënten zelf bepalen. Als de patiënt zich beter voelt mag hij afbouwen. 'En ik voel me dus zó goed!'

Ik loop naar mijn laptop om uit gewoonte mijn e-mail te checken. Wat zou het fijn zijn om te zeggen dat ik moet ophangen omdat mijn man binnenkomt. 'Ik heb even geen tijd voor je Marrit, ga maar iemand anders over je dokter vertellen.'

De laptop staat op een kastje naast het bed, omgeven door Hermanstrepen op de muur, ik struikel over mijn tas vlak voor ik wil gaan zitten.

Help, mijn huis krimpt, denk ik. Een grap van Herman en mij, als we weer eens tegen de muren opliepen. Ons minipaleis.

Marrit merkt niets van mijn gestommel en gemompel, die zwemt nog steeds rond in haar doktersromance, blijkbaar is onze clash van gisteren opeens niet belangrijk meer. Ik laat me achterover op het bed vallen.

Doe niet zo kinderachtig Veer, zeg ik tegen het plafond.

'Een tijdelijk plekkie,' noemden we dit huis: het bovenste appartement in een flat zonder lift, dat Herman drie jaar terug via een vriendin 'geritseld' had. We hadden niet veel keuze, want ik was plotseling uit mijn kamer gezet en Herman woonde al bij me in. Amsterdam en woningnood.

'Is het heus?' zeg ik tegen Marrit. Raf had haar na het eten in een paardenkoets gestopt en een deken om hun benen gedrapeerd. Ook al zo origineel.

Herman en ik gaan binnenkort een echt huis kopen, dat heeft hij me beloofd. Herman kent de huizenmarkt. We hoeven nog maar even te wachten tot zijn carrière groot genoeg is, misschien met mijn verjaardag al. Daarom hebben

79

we deze flat nooit serieus genomen. Dit is een tussenfase die wat langer duurt dan voorzien. Daarom hebben we hier de muren nooit geverfd. Herman zou de flat wel 'wat' opknappen, maar daar kwam niets van.

Ik hijs me overeind op mijn bed en begin met een hand mijn regenpak uit te trekken. Marrit praat onbekommerd verder.

Het meest haat ik de badkamer. De douche zit rechts van de wc in een hoek gepropt, ertussenin bevindt zich een minuscuul wasbakje met een spiegel erboven. Een pruthok, we kunnen er niet eens samen douchen.

Herman vindt onze 'sanitaire ruimte' juist wel geestig.

'Ja, beste klant,' liegt hij altijd, 'mijn vrouw en ik hebben dit bad thuis ook. Iets groter en met bubbelfunctie. U wist niet dat we een groter model hadden? Ik zal het u laten zien.' Geheid succes. Hij heeft zelfs voorgesteld om mij een keer in een bad met champagne te fotograferen, 'als bewijs'. 'Waar dan?' mopperde ik. 'Een bad is zo geregeld,' grijnsde hij.

'En toen zei hij dat ik zo mooi was in het maanlicht,' zwijmelt Marrit. Ik heb mijn regenbroek uit.

'In het maanlicht nog wel,' zeg ik en begin aan mijn jas. Mijn zus hapert even, en begint dan de schoonheid van Amsterdam bij nacht te beschrijven. 'Zo met lichtjes en alles.' Ze lijkt wel een reisgids.

Ik check mijn inbox nog eens met mijn regenjas half uit, maar er zitten echt geen mailtjes in, net als een half uur geleden, net als twee uur geleden, net als vanmorgen, zelfs spammer Jzcody heeft me niet teruggeschreven. Ik verplaats de mobiel naar mijn andere oor, om mijn jas verder uit te trekken. Aan mijn rechteroor is het net alsof Marrit verder weg is.

Net als vanmorgen hoor ik ook nu weer vreemd gegorgel uit de badkamer komen. Het is er al vanaf het moment dat Herman vertrok, maar nu is het niet meer te negeren.

'Ik hoor Herman binnenkomen,' zeg ik net als mijn zus aan de beschrijving van Rafs auto begint. 'Een Jaguar. Echt Vera. Zálig.'

'Herman komt eraan,' zeg ik nog eens en daar moet ze gul om grinniken.

'Ik ga wel erg lang door over Raf natuurlijk, dat kan ik mijn zielige zusje niet aandoen. Herman is nog niet terug zeker?'

'Hoe weet je dat?'

Weer dat lachje. 'Anders had hij al lang gezegd dat we moeten ophangen, Dodo. En anders had je gewoon de hoorn erop gegooid.'

Daar heeft ze gelijk in. Herman heeft er een hekel aan als ik bel waar hij bij is.

'Oké,' zeg ik, 'maar ik moet wel ophangen, mijn wc-pot gorgelt.'

'Dát vind ik pas een goede reden,' lacht ze overdreven, 'misschien zit er wel een boaconstrictor in, een boaconstrictor die eenzaam door de buizen zwemt, huisdier van een oude man op drie hoog die al dagen dood in zijn huis ligt. Nu heeft hij honger en loert hij naar de billen van de flathewoners. Balen voor je dat de jouwe zo sappig zijn.'

'Ja leuk,' zeg ik, het gegorgel wordt nu zo hard dat ik weet dat ik moet gaan kijken. Omdat ik niet wil dat Marrit getuige zal zijn van wat ik er zal aantreffen, kap ik ons gesprek af. Het gegorgel stopt zodra ik de verbinding verbreek, de boa kan blijkbaar ook niet tegen Marrit.

13

Het is twaalf uur 's nachts als mijn wc begint te overstromen en hoewel ik me rot schaam ben ik in alle ernst bang te
verdrinken. Dus ren ik naar de buurman. Simeon doet ver-
fomfaaid open in zijn boxershort, maar beweert al wakker te
zijn geweest, door de boeren die uit mijn flat kwamen. Ik
voel dat ik een kleur krijg. Simeon grijnst, verdwijnt even
naar zijn woonkamer en komt dan in spijkerbroek en op
sloffen achter me aan. Op de galerij is mijn wc-pot al te ruiken. Zonder aarzelen loopt hij mijn badkamer in. Ik probeer er heel vanzelfsprekend bij te staan.

'Verstopt.'

'Je meent het.'

Mijn buurman tovert afwashandschoenen tevoorschijn
en steekt zijn hand in mijn toiletpot. Straks komen er drollen over de rand klotsen, mijn drollen. Of die van Herman.
Of glibbert die boa opeens naar buiten. Hij krijgt wel mijn
slechtste kant te zien.

'Vies hè?' zeg ik. Hij probeert een ik-ben-wel-wat-gewend-
gezicht, maar faalt jammerlijk.

'Een loodgieter,' zegt Simeon ten slotte. Dat had ik zelf
moeten verzinnen. Dit is geen werk voor buurmannen, die
horen niet in de ingewanden van mijn flatje te voelen. Mijn
benen trillen, de vlekken voor mijn ogen zijn zo groot dat ik
Simeon nauwelijks kan zien.

'Maar wie moet ik bellen, zo midden in de nacht?' zeg ik huilerig en trek me terug in de keuken. Simeon komt achter me aan stommelen. Vanonder mijn wimpers zie ik hoe hij een nummer intoetst op zijn mobiel. Ik voel me meisjeshulpeloos. Hij knikt tijdens het praten naar het glimmende apparaat, ik wiebel met mijn tenen.

'Ik ga weer.' Simeons mobiel klapt met een technisch klikje dicht. 'Een vriend van mij is loodgieter, die heeft zo'n dag- en nachtbedrijf. Hij komt nog wel even en hoe dan ook moet je morgen de woningbouw bellen.'

Nog voor ik knik is hij al verdwenen. Zijn stappen over de galerij, het openen van een deur en dan het binnenhuiselijk gerommel naast me, intieme geluiden die buren delen.

Ik sta op en neem een slokje van het water dat hij voor me heeft neergezet.

Ik ga weer zitten en wacht tot mijn hart is bedaard. Ik stel me voor dat er nu een laagje water om mijn wc ligt dat langzaam onder de drempel door begint te sijpelen. Het water zal steeds hoger komen, door mijn halletje lopen, mijn bed insluiten tot het gaat dobberen. Er zullen lekkages ontstaan, dan regent het urine bij de onderburen en uiteindelijk zullen we allemaal verzuipen in een stinkend reuzenbad. Was Herman er maar.

Omdat ik niets anders kan verzinnen, pak ik een doekje en begin het keukenblad te boenen. Als ik moe word ga ik weer zitten en leg mijn hoofd naast het doekje. Poetsdoekgeur; rottende zeemlucht vermengd met schoonmaakmiddel, alles beter dan pleelucht.

Ik moet ingedommeld zijn, want opeens klopt er iemand op de deur. 'Ja,' roep ik. De commentaarstem is ook wakker geworden en galmt 'Inbrekers kloppen niet, dacht ze nog...'

Een brede man komt binnen en stelt zich voor als de bevriende loodgieter. Ik knip het licht aan en loer naar de deur van de badkamer. Er komt nog geen water over de drempel, dat is een opluchting.

'Opstoppinkje mevrouw?' Hij heeft grote schoenen die al bijna versleten zijn, bij de neuzen zie ik door het leer heen staal glimmen. Ik kijk op mijn telefoon; het is halfdrie.

'Ik heet Vera,' zeg ik tegen zijn brede rug die de deur naar mijn badkamer opvult. Ik denk niet dat ik ooit zal kunnen vrijen met een loodgieter.

De man fluit tussen zijn tanden en zakt op zijn knieën voor de wc-pot. 'Wat heeft een mooi wijfie als jij daarin verstopt?' Hij deinst een beetje terug voor het uitzicht. Ik wend mijn ogen af. De man fluit nog eens. 'Juffie toch.' Hij maakt nu klikgeluiden met zijn tong.

Ik wil hem zeggen dat ik geen juffie ben, dat hoe zonderling vrouwen ook zijn, ze nooit, nooit het stadium van juffie bereiken en dat je ook niet mag klikken met je tong als je naar mijn wc kijkt. Dan nog liever wijfie. Mijn mond gaat open om het te zeggen, maar klapt weer dicht als ik Hermans vingers als anemonen vanuit de pot naar me zie wuiven. Zijn arm in onmogelijke kronkels door de zwanenhals, zijn hoofd opgezwollen door het vocht, zijn benen spartelend boven de ondergrondse rivier, het riool. Ik wil het niet, maar ik zie Hermans vertrokken gezicht van heel dichtbij, korrels in zijn neus, in zijn haren slierten wc-papier.

'Ademhalen, Veer,' roep ik.

Daar moet de loodgieter om grinniken. Hij buigt zich over de pot. Bouwvakkersdecolleté met haren. 'Ik kan het overstromen voorlopig wel verhelpen, maar het echte probleem zit dieper.' De man komt overeind en draait zich naar me toe. 'Dat gaat wat langer duren.'

Ha Mar,
Die boa van jou heeft me in ieder geval een fijne bouwvakker opgeleverd. Lekker ding man, breed, gespierd, sexy. Hij wilde me meteen, dat kon ik zien, maar 'zo ben ik niet' zei ik, 'ga maar naar mijn zus'. Geintje.
Kus van je zus

14

Nog vijftien dagen. 'Ik wil een nieuwe wc,' zeg ik op mijn werk. Ik heb de hele nacht niet meer geslapen omdat ik steeds Herman over de galerij hoorde lopen. Een keer stond hij zelfs over me heen gebogen bij het bed, een ongelooflijk gore stank uit zijn mond. Daar schrok ik wakker van. 'Rottende lijken,' hoorde ik Marrit grinniken.

Ik heb geen idee hoe ik het vandaag ga volhouden. Met Marrit gaat het goed. Ze heeft een nieuwe dokter. Ik hoef me niets te herinneren. 'Ze besloot het bijltje erbij neer te gooien,' zegt de voice-over in mijn hoofd.

Fons staat in de buurt over een krant gebogen en kijkt op. 'Je wilt een nieuwe wc? Dat is weer eens wat anders dan een facelift.'

'Heb ik die al nodig dan?' Ik vind mezelf best gevat, mijn gebrek aan slaap in aanmerking genomen.

Fons lacht bulderend.

Nu moet ik nog naar de wc ook.

Om mezelf te bemoedigen stel ik me alvast voor dat ik naar de wc loop. Weg van mijn bureaustoel, de gang op, langs het rookhok, nog een deur door, dan het halletje van de wc en kiezen tussen een van de twee door man en vrouw gedeelde exemplaren. Het opstaan zie ik mezelf nog wel doen, maar de tocht langs het rookhok jaagt me angst aan. Ik heb net gezien hoe de helft van mijn collega's die kant op sloop en ze zullen iets zeggen als ik langsloop. En ik zal iets leuks terug moeten zeggen zonder daarna tegen de deur op te lopen. Ik wilde dat ik nu alvast wist wat ze gaan roepen, dan kon ik me voorbereiden.

Ik draai op mijn bureaustoel tot ik buikpijn krijg en ga dan de gang op. Om het hok staan wel acht mensen. Iedereen staat op te scheppen over het afgelopen weekend. 'Ha Vera!'

'Even mijn neus poederen,' roep ik opgewekt terug en kreun vanbinnen. Dat klonk in mijn fantasie daarnet vlot en een beetje grappig, nu alleen maar harkerig. De twee wc's zijn allebei vrij, ik kies de linker. Nu maar hopen dat ik snel ben.

Ik zit nog niet of er wordt al aan de deur gemorreld. 'Momentje!' Mijn buik trekt misselijk samen. Zit er ook al iemand op de wc naast me, staan ze te wachten tot ze erop kunnen? Kunnen ze me horen? Soms hoor ik een collega en die durf ik dan bij het handenwassen nauwelijks aan te kijken.

Het duurt lang. Het duurt te lang. Als ik de wc uit kom, staat de stagiaire bij de wasbakken met opgetrokken neus naar me te kijken. 'Ik denk, ik wacht wel even,' zegt ze veelbetekenend en ik schuif snel langs haar heen, het hok uit. Nu heb ik mijn handen ook al niet gewassen. 'Momentje nog,' roep ik in het wilde weg naar de rokers en duik het hok weer in. Ik was mijn handen. Ik was mijn handen nog een keer. Ik was mijn gezicht en doe mijn haar goed. De stagiaire komt uit de wc en glipt zonder iets te zeggen langs me heen. Ik volg in haar kielzog, ogen neergeslagen. Achter mijn rug klinkt gelach.

'Was het lekker?' Fons kijkt op als ik aan mijn bureaustoel schuif.

'Heerlijk.' Ik heb direct glimlachkramp.

Ik check mijn mobiel, geen oproepen. Ik check mijn mail, niets. Ik ruik nog steeds rioollucht, het is in mijn kleren getrokken. Thuis staat Herman druipend van wc-water in de slaapkamer, hij zoekt me.

'Lieve Herman,' sms ik, 'kom je snel naar huis?' Mijn fantasie-Herman stopt even en trekt zijn mobieltje uit zijn broekzak. Zijn wenkbrauwen schieten vol verbazing de hoogte in, asjemenou.

Afleiding, ik heb afleiding nodig.

Ik toets een nummer in, van een potentiële gek voor het programma, niemand neemt op. Herman loopt verder, de galerij af. Hij kijkt verdrietig.

Vroeger is hij wel eens depressief geweest, vóór hij mij kende, heeft hij me een keer verteld. Het enige wat hielp was 'zelf de weg naar buiten vinden'. Hij verliet zijn toenmalige vriendin en ging twee weken naar Frankrijk met een tweedehands barrel. 'Beetje rondrijden.' Dat is nu natuurlijk ook aan de hand, waarom heb ik dat niet gezien. Hij was al wat stiller, de laatste tijd. Hij keek vaak zwijgend voor zich uit, reageerde steeds minder op mijn berichtjes. Ik mocht niet meer aan hem zitten. Ik heb zin om mijn hoofd op mijn bureau te leggen om het allemaal goed tot me door te laten dringen, maar in plaats daarvan kies ik een nieuw nummer van mijn lijstje en luister naar het overgaan van de telefoon. Dit keer wordt er wel opgenomen.

'U spreekt met Vera Meyer van het televisieprogramma de Witte Raaf, mag ik u iets vragen?' Mijn telefoonstem klinkt even zoetsappig als altijd. Terwijl ik mijn verhaal afdraai, kijk ik naar de tl-balken en druk achter elkaar op de send/receive-knop van mijn e-mailprogramma om te zien of ik nieuwe berichten binnenkrijg. Ik bel u terug, knik ik in de hoorn en hang op. 'Terugbellen' schrijf ik in mijn werklijstje voor de volgende dag. Dan wend ik me weer tot het computerscherm.

'Ik ben eigenlijk te lui en te rijk om deze mail te schrijven,' schrijft ene Gwendolyn Whitherspoon. Gwendolyn heeft geld verdiend met investeren en wil nu dat ik dat ook doe. Ik hoef alleen maar naar haar site te gaan en dan komt alles vanzelf goed. Ik krijg niet zo vaak Nederlandstalige spam, dus schrijf ik meteen terug.

Beste Gwendolyn,
Het verband tussen luiheid en e-mails schrijven ontgaat me.
In investeren heb ik geen interesse en weet je waarom? Ik
werk ook niet. Ik woon met mijn familie in een kasteel op een
berg. We hebben het goed met elkaar getroffen.
Met vriendelijke groet,
Vera Meyer

Straks ga ik Marrit bellen. Om te vertellen hoe het met mijn wc is. Ik zal haar zelfs naar Raf vragen, dat wil ze waarschijnlijk graag en dan, als het lukt, schuif ik er een vraag over vroeger in. 'Maarre, Mar, wat bedóelde je nou?'

Ik kies de sneltoets van mijn mobiel.

'Dit is de voicemail van Marrit en Agaath (waf waf) we zijn er niet want we hebben het druk, doei!'

Had ik maar RSI, dan kon ik naar huis.

Ik haal koffie. Dan bel ik de woningbouw en vertel het verhaal van de nacht en de loodgieter.

Ze beloven 'een mannetje' te sturen, morgen, tussen negen en vijf. Een overstromende pot blijkt de verantwoordelijkheid van de verhuurder te zijn, dus geld gaat het me niet kosten.

'Je ziet bleek,' zegt Fons als ik voorbijloop.

Ik antwoord dat dat mode is.

Ha Mar,
Wist je dat een wc-pot het eigendom is van de verhuurder?
Interessant, als je erover nadenkt. Ik mag een andere keuken
in mijn huis zetten, er een andere vloer in timmeren, om nog
maar te zwijgen van mijn eigen bed en bank. Maar de meest
intieme plek van het huis is niet van mij, is zelfs niet 'mijn

verantwoordelijkheid'. Misschien moet ik de pot van de wo-
ningbouw overkopen, kan ik hem meenemen als Herman en
ik binnenkort naar ons paleis verhuizen. Zou dat niet het
toppunt van privacy zijn?
Kus van je zus ☺

Door dat bijgeplakte grijnzende hoofdje zie ik Marrit weer
voor me. Eerst zie ik het slapende kind uit het stapelbed,
daarna het ziekenhuisgezicht, lijdend maar dapper. Zó dapper dat ze grappen maakt. Ik aai even met mijn hand over
het beeldscherm. Het gaat beter met haar. Dat moet.
    'Weet je dat je je beeldscherm aan het aaien bent?' Fons
duikt achter me op.
    'Dat schijnt heel erg te helpen.'
    Ook daar moet hij om lachen, die Vera toch.

Ik verstuur de mail en loop dan naar de afdeling Productie
en Personeel aan de andere kant van het kantoor, om morgen een dag vrij te vragen voor de woningbouw. De rooster-
planner zit uitgebreid over zijn nieuwe verovering, een bekende presentator, te praten.
    Op deze afdeling werken vier prachtige meisjes en één
homo, ze dragen allemaal hoge witte laarsjes. Hoewel ze
een eigen ingang hebben, paraderen ze iedere morgen van
de ene kant van het kantoor naar het andere, als prinsessen
hun ochtendgroet rondwerpend. Ze doen alsof iedereen later als promotiestap bij hun team wil komen werken. Al
vanaf het eerste moment dat ik hier zit heb ik ze bewonderend bekeken, het zijn allemaal Marrits, maar dan vrolijker;
mensen die weten waar ze naartoe willen en daar zonder al
te veel omwegen ook daadwerkelijk komen. Zij worden niet
afgeleid door hun eigen verwarring.
    Ik onderbreek het gesprek niet. De mooie homo vertelt
over een jongen die hij heeft ontmoet in de kroeg. 'Hij stoot
van de zenuwen zo zijn eigen rode wijn over zijn witte

broek!' 'En wat deed je?' vragen we ademloos. 'Ik gooide er mijn eigen witte wijn achteraan – in zijn kruis!' We gieren. De mooie homo wrijft de lachtranen uit zijn ogen, iedereen zit nu bij zichzelf een nieuwe anekdote te verzinnen die de zijne kan evenaren. Blijft het stil, dan weet hij dat hij gewonnen heeft. 'Jij denkt misschien dat je een wild weekend hebt gehad maar ihik,' begint een van de meisjes. We buigen ons gretig in haar richting. Ik keer mijn geheugen binnenstebuiten om ook iets te vertellen te hebben. Dat ik laatst in een koets door Amsterdam reed misschien. 'Die líchtjes, zalig.'

En dat ik een dokter als vriendje heb, mijn eigen dokter nota bene.

Ik zeg niets. Dokters staan hier toch nauwelijks in aanzien, producenten, die moet je hebben. Maar die van mij is onlangs getrouwd.

Ik kijk naar de sproeten op het gezicht van het meisje dat nu het woord heeft genomen; zij is uit geweest met de cameraman die een ex is van een soapster en vertelt alle roddels die ze van hem over die ster heeft gehoord. 'Je zal maar een vriend hebben die alleen maar over zijn ex praat!' roept de homo. We lachen.

15

Ik ga naar huis met het vaste voornemen van het alleenzijn te genieten. Vanavond ga ik doen alsof ik het zo bedacht heb, alsof ik nog wat langer op mijn werk ben, maar dan thuis.

Ik neem me voor het prettig te vinden dat Herman niet laat en chagrijnig thuis gaat komen, hoef ik me ook niet aan te passen of om te kleden. Marrit zit vast met haar dokter op haar crèmekleurige bank. Daar mag ze blijven zitten.

De stank in mijn huis draait al mijn goede voornemens de nek om en voor ik me op bed kan installeren voor een potje televisiekijken, moet ik eerst de badkamer en het gangetje dweilen. Met vertrokken gezicht duw ik mijn dweil om de pot en vind achter de wc het beschermkapje van een wegwerpscheermes van Herman. Tussen duim en wijsvinger pak ik het op, maar ik kan me er niet toe zetten het weg te gooien. Ik leg het op de keukentafel.

Daarna installeer ik me eindelijk op bed voor de tv met een zak chips. Als je er lang genoeg in rondloopt, went de geur, hou ik mezelf voor. Echie komt aanrennen en probeert op me te gaan liggen, geïrriteerd met zijn staart zwaaiend omdat ik niet stil zit. Mijn hoofd woedt dwars door de tv-beelden heen. Ik denk aan Marrit en hoe we nog maar een paar weken terug samen in de stad liepen. 'Zie je die gaten in de weg, Mar? Je moet je ogen een beetje dichtknijpen.' Ik deed het voor en Marrit volgde goedmoedig mijn voorbeeld.

'Ik zie ze,' zei ze.

'Die gaten loeren op mensen. Mensen die door niemand gemist zullen worden. En vinden ze er een, die meneer daar misschien, dan slokken ze hem op. Dat is de natuur, die houdt van opgeruimd. Je kunt dus maar beter zorgen dat er altijd iemand op je zit te wachten. Jij zeker, zo mooi en jong en zonder man, daar zijn gaten dol op.'

Marrit stopte en keek me glimlachend aan. 'Je weet toch wel dat je erg kinderachtig bent voor je leeftijd?'

Ik geef het televisiekijken op, werp Echie van me af. Aan de keukentafel lees ik het buurtkrantje van vorige week, probeer rustig in en uit te ademen zoals mijn leraar in de yogales het voorschrijft. Maar die deed het vast nooit naast een stinkende wc.

Pas als ik het echt benauwd krijg, geef ik op. Ik kijk uit mijn keukenraam naar de galerij, waar nooit iemand voorbijkomt. Ik loop een paar keer naar de badkamer waar mijn wc onheilspellend reutelt, de vloer glimt van het chloorwater en Echie zit op de drempel. Ik ga niet naar de overbuurman kijken en ik vertel Echie dat ik ook heus niet geloof dat mijn leven overstroomt.

Echie geeft me een kopstoot. Hij vindt het wel boeiend, zo'n pratende pot.

Uiteindelijk plas ik in een schoonmaakemmer. Als ik mijn plas in de gootsteen zie wegdraaien bedenk ik hoopvol dat het misschien wel stress is. Dat het met een nieuwe pot ook beter zal gaan met mij.

Hallo lief, ik heb het beschermhoesje voor je scheermes gevonden. Dat was je vast al een tijdje kwijt. Nou het is dus hier, bij mij. Kom je het ophalen?

Kom je het ophalen, alsof Herman hier niet meer woont. Soms zou ik in de computer willen kruipen om al mijn domme mailtjes terug te halen.

Ik zet met mijn oogpotlood drie strepen op het behang, ik heb vandaag ook al twee sms'jes verstuurd. Dan ga ik naar het doek voor het raam en peuter de punaises los. Natuurlijk is hij al thuis, mijn badderaar. Zijn wereld verandert nooit. Misschien bestaat hij zelfs voor mij alleen. Begint hij te bestaan zodra ik de punaise uit de muur heb gepeuterd en het doek optil. Marrit pestte me vroeger met die manier van denken. Ik was ervan overtuigd dat mijn favoriete kinderprogramma zou beginnen op het moment dat ik de tv aanzette. De tv was een verrekijker, en je hoefde alleen maar te richten op wat je wou zien.

'Grote mensen geloven daar niet in,' hoor ik haar pinnig opmerken.

'Let jij nou maar op je hart,' zeg ik hardop.

Traag trek ik het doek helemaal opzij, zo ver heb ik het nog nooit open gehad. Dit is ook een vorm van dapperheid, vind ik. Ik tik op het doek waaruit een wolk stof opstijgt. Misschien kan ik een rood fluwelen gordijn in de plaats hangen, dat ik met een touw opentrek. En dan snel het doek laten vallen als Herman terugkomt, natuurlijk.

Ik kijk nog niet echt naar de overkant, stel het kijken altijd uit. Op een dag wil ik net zo'n wereld, veel liever dan de wereld van de witte laarsjes. Ik weet alleen nog niet precies hoe ik dat voor elkaar moet krijgen.

Gisteren heb ik een hart op het raam getekend, ik zal het hart opnieuw tekenen, de wasem uit het midden weg wrijven en dan daar doorheen naar de overkant kijken. Dat hoeft niemand te weten. Ik neurie de begintune van een doktersserie en breng mijn vingers naar het raam.

Er wordt op de deur geklopt. Mijn hart stokt. Dat moet Herman zijn.

Met onhandige vingers prik ik zo snel mogelijk de punaises terug, mijn hart raast als een sneltrein. Er valt een punaise op de grond en op dat moment wordt er weer geklopt. Ik vloek, draai me om en trap vol in de punaise. Ik val bijna om, leun tegen de muur, stoot wat cd's om, vloek weer. Een flap van het doek hangt los, niets om je zorgen om te maken. Ik hink naar de deur.

'Wow, wat een stank hier.' Simeon. Zonder op toestemming te wachten schuift hij mijn keuken in en gaat meteen zitten.

'Alles went,' zeg ik en strompel achter hem aan. 'Ik dacht dat je Herman was.'

'Heeft Herman geen sleutel dan?'

Ja, natuurlijk. Herman heeft een sleutel. Ik val op de andere stoel en begin de punaise uit mijn voet te trekken. Mijn lege plasemmer staat op het aanrecht. Ik ruik mijn urine door de stank uit de badkamer heen.

'Gezellig,' roep ik monter.

Simeon zegt dat hij benieuwd naar me was, hij informeert naar mijn wc en naar mijn gezondheid. 'Wat een combinatie van vragen!' roep ik en we lachen allebei. Hij schuift zijn stoel wat dichter naar de mijne en kijkt naar me met zijn amandelvormige smeulogen.

Marrit zegt dat mooie mannen óf arrogant óf homo zijn, maar Simeon lijkt geen van beide. Ik vertel wat stijfjes dat morgen de woningbouw komt om een nieuwe pot te brengen. Hij knikt. 'Dat moeten ze doen, ik heb het opgezocht in het huurcontract.' Hij heeft het opgezocht in het huurcontract.

'Fijn trouwens dat het beter gaat met je zus,' zegt hij.

'Huh?'

'Heeft ze het niet verteld? Ze belde. Ze wilde me bedanken. Ze vond me een held.' Simeon straalt. 19 februari. Nog veertien dagen. Marrit is over de grens gegaan, de wedstrijd is weer begonnen.

'O dat.' Ik kijk alsof ik er alles van weet. 'Ze wilde zeker met je afspreken.'

'Of ik morgen tijd had, vroeg ze.'

'En?'

'Nee.' Zijn gezicht betrekt. 'Standbouw, dat stopt nooit. Ze zou me terugbellen.'

'Goh.' Ik zou wel eens willen weten hoe ze aan zijn nummer is gekomen, maar als ik dat vraag, weet hij dat ze het niet van mij heeft.

'Manke,' zegt hij, als ik onhandig, zonder op te willen staan, de wijn grijp. Hij schraapt zijn keel.

'Maar er was iets anders.' Hij schraapt zijn keel nog eens.

Ik schenk hem in. Hij knikt, we tikken de glazen tegen elkaar aan.

'Wat dan?'

Hij neemt een slok, slikt en kijkt me dan aan. 'Ik ben net zoals jij.'

Ik ben zo verbaasd dat ik in de lach schiet.

'Ik wil ook iets wat niet kan.'

Ik weet niet wat er gaat komen, maar ik betwijfel of ik het horen wil. Ik neem een slok wijn en zet me schrap.

Simeon buigt zich naar me toe. 'Ze heette Rita, en ze was de liefde van mijn leven.'

'Rita'

'Ik herken de tekens.'

'De tekens.' Ik snap nog steeds niet waar hij heen wil.

'Anders had Herman je wc wel gerepareerd, had je nooit zo laat in de avond zo hulpeloos voor mijn deur gestaan, had je me hoe dan ook nooit binnengelaten. Er zijn altijd tekens, je moet gewoon weten waar je moet kijken.'

Daar heb ik niets op te zeggen, maar dat hoeft ook niet, want hij praat gewoon door.

'Je vraagt je af waar Rita is? Nou. Weg dus. Ik was dolverliefd, sliep niet van enthousiasme. Net als jullie in het begin.' Halve grijns, ik knik. Ik herinner me een gesprek over bordkartonnen wanden, waarschijnlijk was dat zelfs de eerste kennismaking met Ravenhaar. Herman heeft nooit gehouden van mannen die mooier waren dan hij.

'Mijn Rita,' zegt Simeon Huurman Ravenhaar dromerig, 'Rita Martali.' Hij laat de r's aanstellerig rollen. Het wordt steeds donkerder in mijn kleine keuken, de twee kaarsjes op het tafelblad flikkeren spookachtig. Zal ik het licht aandoen? Nee.

Ik trek de koelkast open voor nog een fles wijn, terwijl ik met mijn andere hand naar de kurkentrekker zoek.

'Afijn,' Simeon vermant zich en kijkt me aan. 'Rita was dus ook weg. Stond midden in de nacht op om even te wandelen en kwam nooit meer terug. Heel creepy. Dat kwam doordat ze te veel had geschilderd. Is ze gek van geworden. Daarom wist ik niet of ik het je zou vertellen. Ik bedoel, niet dat jouw man schildert, maar hij is dus wel weg. Dus.'

Simeon stopt even en kijkt naar mijn verwoede pogingen de kurkentrekker recht in de kurk te krijgen. 'Ze stuurde me later een brief dat ze niet meer verliefd op me was. Alsof je altijd verliefd op elkaar moet zijn.' Hij vertelt het alsof het niet hem is overkomen, maar een andere Simeon, een vroegere Simeon.

'Er verdwijnen dagelijks mensen.' Ik vecht nog steeds met de wijn. Zijn verhaal heeft niets met mij te maken. Met een onbeheerste plop geeft de kurk zich over.

Simeon staart in de verte. Ik schenk in, zo vol mogelijk, we hebben alcohol nodig.

Simeon buigt voorover om wat wijn uit het overlopende glas te slurpen. Ik heb het mijne in één slok halfleeg.

'Ken jij dat ook?' vraagt hij traag. Hij heeft niet in de gaten dat ik op een ander onderwerp zit te wachten. 'Dat pas achteraf blijkt dat iemand je grote liefde is?'

Ik laat nog een grote slok mijn mond in stromen.

'Dat achteraf blijkt hoe fijn het was,' vervolgt Simeon,

'Maar dan is het te laat. Ze zeggen dat het goed is om een grote liefde te hebben gehad. Beter dan nooit bemind te hebben. Maar ik blijf haar vertrek alsmaar in mijn hoofd afspelen, waardoor ik keer op keer verlaten word.'

Zijn mondhoeken hangen, de trieste mooie man, hoe komt die hier in mijn stinkende keuken?

Ik knijp mijn ogen tot spleetjes. Hoe groot is mijn liefde voor Herman eigenlijk? Hij houdt mijn wereld bij elkaar, dat is belangrijk. Ik schenk mezelf opnieuw in en laat de wijn door mijn mond rollen. Simeon mag wat mij betreft nu wel weg. Met mijn tong prik ik in de alcohol, ik zet druk op mijn wangen, alsof ik elk moment kan gaan spugen. In het gezicht van Buurman Ravenhaar bijvoorbeeld. Een voltreffer in zijn oog en neusgaten. Ik meet de afstand en stel me voor hoe hij verschrikt en gekwetst zal kijken, een beetje hondachtig. Net als ik mijn wangen bol blaas om kracht te zetten, buigt hij zich naar het raam en tekent een lief poppetje met een grote lach in de beslagen ruit. Ik denk aan mijn man in het bad aan de overkant, slik door, verslik me en laat me hoestend achterovervallen.

'Marrit lijkt een beetje op Rita,' praat Simeon tegen het raam, 'toevallig, vind je niet?' Hij draait zijn hoofd en kijkt me verlegen aan. Ik hoest nog even door. Natuurlijk. Marrit.

Ik leeg mijn glas. Ik schenk opnieuw in. Nog een slok dan maar, en nog één, de dronkenschap heeft ingezet. Misschien is Herman dood. Misschien is Herman gek geworden, zit hij ergens op de rand van een kaal bed heen en weer te wiegen. Helemaal alleen. En Simeon maar doen alsof mijn lief me verlaten heeft, wat weet hij ervan? Ik check onder de tafel mijn mobiel. Geen berichten.

Ik kijk naar het poppetje dat Simeon heeft getekend. Het gezicht is net als het lijf naar beneden aan het druipen. Net goed.

Herman is verstrikt geraakt in een staatsgeheim dat hij met niemand mag delen omdat de wereld anders vergaat.

Het is zo geheim dat ik het natuurlijk ook niet aan Simeon kan vertellen, dus moet ik zijn minachting en de misverstanden heldhaftig dragen. Binnenkort zullen we Herman redden, een perfect klusje voor de superzusters – kinderachtig Veer, ik roep mezelf tot de orde.

Ik knijp mijn ogen dicht en kijk naar de zwarte en witte flitsen achter mijn oogleden. Simeon praat nog steeds over Rita. Ik knik een paar keer voor de vorm en drink stevig door.

Mijn mobiel heb ik nog steeds onder tafel in mijn hand. Misschien kan ik blind wel een bericht sturen. Of ik kan een sjabloon van het bericht maken dat ik Herman het vaakst stuur. 'Ik mis je lief,' zou ik schrijven. De helft van de strepen op mijn muur komen voort uit dat gevoel.

'Maar wat er bij mij niet in wil, domweg niet in wil,' zeg ik plotseling hard, Simeon verslikt zich, 'is dat zelfs áls Herman er met een ander vandoor zou zijn, mijn gevoel voor hem nog steeds intact is. Wij hebben elkaar bijna zes jaar lang intens en totaal liefgehad, dat weet ik zeker. Als hij echt weg was geweest had ik dat gevoeld, en ik voel niets.' Ik zwijg en kijk boos naar Simeon. Mijn stem schraapt rauw door mijn keel.

'Ik zei toch niet dat hij er met een ander vandoor is,' zegt Simeon.

Ik leeg mijn glas, pak de wijnfles en merk dat hij leeg is. Terwijl ik hem met een klap terugzet, besef ik dat ik wil wegzinken in drank. Als ik eenmaal verzonken ben, denk ik nergens meer aan. Ga weg, doe ik met mijn hand, dan sluit ik mijn ogen en leg mijn hoofd op de keukentafel. Ik hoor hoe Simeon mijn huis verlaat.

16

18 februari. Nog dertien dagen. Vannacht heb ik weer van zombies gedroomd. Ze liepen door me heen, een onafzienbaar leger. Als ik nou een originele droom had, dan kon ik het nog als anekdote op mijn werk vertellen.

De loodgieters van de woningbouw hebben me wakker gebeld. Ik trok Hermans badjas strak om me heen toen ze met hun besmeurde werkbroeken en dikke benen mijn huis binnenklosten. Er is een blonde en een donkere, ze zijn allebei een jaar of veertig. Ik weersta de verleiding naar hun naam te vragen, vriendschappelijk te doen. Ik wil niet weten wie mijn wc gaat opereren. Dus wijs ik de mannen de badkamer en zeg; 'Ik moet weg.'

'We zijn wel even zoet, mevrouwtje.'

Ik trek zo snel mogelijk een spijkerbroek en de rest van mijn kleren aan, zonder spiegel of water. Een keer val ik bijna languit voorover, maar de mannen zien me toch niet, die staan al over mijn pot gebogen. Met het gevoel dat ik eruitzie als een vogelverschrikker strompel ik de deur uit.

Eenmaal op straat verdwijnt mijn moed en begint mijn hoofd pas goed te dreunen van de wijn. Ik zet koers naar Artis. Daar kwam ik vroeger vaak, we hadden een familieabonnement.

Misschien zit daar een herinnering die Marrit me toewenst, moet ik haar bellen als ik bij het nijlpaard sta. Marrit het Nijlpaard en Vera de Dodo, Simeon beweert dat je dat nauwelijks 'koosnaampjes' kunt noemen.

In het zelfbedieningsrestaurant staar ik op één kopje koffie zo lang mogelijk naar de bewegingloze flamingo's. Marrit had haar nijlpaard, maar ik kon niet naar de dodo's en dat vond ik oneerlijk, dus deed ik alsof de flamingo's mijn lievelingsbeesten waren. Omdat ze zo stil konden staan; 'bijna Dodo'.

Als ik de vogels nu zie is er niets wat me aan ze boeit, behalve de herinnering aan mijn hand in pappa's hand bij de drabberige vijver. Ik hou niet meer van roze.

De koffie is op, ik loop naar het nijlpaard. Tanja is een triest beest dat met de kop naar de muur en de kont naar de kijkers staat. 'Aah, wat zielig,' zegt een klein meisje naast me, in een schattig bruin jasje met een capuchon. 'Deze is stom,' zegt haar broertje – of is het haar vriendje? – die een kop groter is, hij grijpt haar hand en trekt haar mee. Twee vrouwen lopen glimlachend achter ze aan.

Terwijl ik de grauwheid van Tanja met de grauwheid van de neprotsen vergelijk, probeer ik me te herinneren of ik Herman wel eens heb meegenomen naar de dierentuin. Hij is niet zo'n dierenfan. Ik neem me voor hem binnenkort mee te slepen, ik wil me graag kunnen herinneren dat ik samen met hem langs de hokken struinde.

Marrit neemt niet op. 'Haai zus, je krijgt de groeten van de dierentuin.'

Terug naar de flamingo's, die met hun stijve harkpoten volkomen onaangedaan in het water staan.

'Kijk mam!' Een ander meisje staat voor het hek opgewonden te gillen. Een van de flamingo's heeft zichzelf met zijn gevorkte snavel van een roze veer ontdaan.

Marrit en ik zochten vroeger in het vakantiebos naar veren, favoriet waren de veren van vlaamse gaaien, grauwe beesten met prachtig blauwzwarte veren verstopt in hun vleugels. We stopten de veren in vuilniszakken achter het huisje. De mooiste mochten op de vensterbank. Zal ik Marrit nog een sms sturen? Nee, toch maar niet.

Thuis zijn de mannen weg. Er ligt een onhandig briefje op tafel, geschreven op de achterkant van een bankafschrift. Het is allemaal 'gelukt'. Ik haast me naar de badkamer; tot mijn teleurstelling zit de oude pot er nog in. Ik veeg hem grondig af voor ik erop durf te plassen. Wat zouden ze gedaan hebben? Wat zouden ze gevonden hebben? Ik had erbij moeten blijven.

Ik check mijn mail; van Marrit noch Herman bericht. Zelfs luie Gwendolyn heeft niet geantwoord. Dan ga ik boodschappen doen, ik koop extra wijn. Met een fles ga ik aan de keukentafel zitten en wacht tot de schemering invalt. Nog dertien dagen.

Simeon klopt aan, hij heeft iets in zijn hand. 'Dit is Rita.' Een eenvoudig lijstje met daarin de verkreukelde foto van een vrouw. Ze heeft een hoog voorhoofd en een korte donkere boblijn. Ze ziet eruit als iemand uit de jaren vijftig, omdat alle kleur uit haar gezicht is getrokken. Simeon aait over het portret. 'Ze ligt al acht jaar in de zon.' Hij bedoelt de foto.

De vrouw lijkt helemaal niet op Marrit, maar dat zeg ik niet. Simeon ziet er verhit uit, alsof hij niet weet wat hij komt doen. Ik pak meer wijn en schenk onze glazen vol.

Simeon wordt steeds spraakzamer, ik steeds stiller. Ik begin rondjes met mijn wijnglas te draaien. Ik ben blij dat hij er is. Zolang Simeon met me praat maak ik deel uit van de wereld.

Er zit al bijna geen wijn meer in mijn glas, de tafel is een wit veld met rode vlekken. 'Kijk, een Spaanse flamencojurk,' roep ik optimistisch.

'Rita had ook zo'n jurk,' zegt Simeon verheugd.

'Weet je trouwens of je zus een vriend heeft?'

Ik doe alsof ik hem niet versta, zodat hij het nog eens vraagt.

'Ze heeft een dokter,' zeg ik ten slotte.

'O.' Simeon neemt nog een slok wijn. 'Wacht!' Hij stuift de kamer uit en komt even later terug met een pak in zijn hand. Het is een kort jurkje met stippelmotief. 'Het was eigenlijk voor Marrit,' zegt hij, 'maar nu is het voor jou.'

'O. Dankjewél!' zeg ik overdreven met het pak in mijn hand. Simeon kijkt al weer naar zijn verbleekte Rita. Ik weet niet of ik het jurkje meteen moet aantrekken of juist in zijn gezicht moet gooien.

Zijn 'jouw leed is mijn leed-spel' begint me te irriteren dus besluit ik terug te Hermannen. Als hij zegt hoe geweldig Rita kon koken, vertel ik dat Herman ooit 'kok van het jaar' is geweest, ik bezing zelfs ons seksleven, zelfs al is dat in werkelijkheid nooit geweldig geweest. Dat krijgt Simeon even stil. Maar niet lang. Dan moet ik natuurlijk ook over zijn seksleven horen. Ik krijg het gevoel alsof ik Herman in de uitverkoop heb gedaan. Onze seks gaat niemand wat aan, zelfs onze verzonnen seks niet.

Simeon vertelt dat Rita een keer zo'n groot schilderij had gemaakt dat het niet door de deur paste. 'Haar bijna-meesterwerk, noemde ze het.'

Ik glimlach beleefd als hij opspringt en voordoet hoe hij mee hielp trekken en hoe het brak. 'Ze was ontroostbaar en werd kwaad toen ik zei dat het maar een schilderij was.' Daarna was hij naar haar expositie gegaan en had haar in haar eentje ladderzat in een hoek gevonden. Was er niemand gekomen, behalve hij.

'Ook haar ouders niet?'

Hij is even stil. 'Nee.'

'Huilde ze?'

'Omdat er niemand was?' Hij licht op door mijn aandacht. 'Nee.'

Dat vind ik sympathiek aan Rita. Als niemand je interessant vindt, moet je drinken, niet huilen.

Simeon stelt voor haar te googelen. Haar naam levert

geen hits op en hij kan zich geen enkele titel van haar schilderijen verzinnen.

Ik begin me ziek te voelen, de drank zet zich al om in een kater, ik antwoord niet meer op zijn verhalen. Als mijn hoofd te hard gaat zoemen, stuur ik Simeon naar huis. 'Wonderlijk streepjesbehang,' grapt hij voor hij de deur uitloopt.

17

Ha Marrit,
Hoe is het met je hart en je man? Heeft Raf je nog mee uit rij-
den genomen?
Wel grappig, dat je nu niet naar een dokter op tv hoeft te kij-
ken omdat hij al naast je op de bank zit.
Houden dokters eigenlijk ook van ziekenhuisseries?
Koffie binnenkort? Ik wil je iets vragen, het is dringend.
Kus van je zus

Send.

Ik heb nog twaalf dagen en ben tot nu toe geen enkele bruik-
bare herinnering tegengekomen.
Het kale licht van de flat verlicht de muur die definitief vol
begint te raken. Ik moet een nieuwe muur nemen, als ik
tenminste nog wil tellen hoeveel streepjes ik heb gezet.

Ik ben moe. We hebben vandaag bij de Witte Raaf keihard gewerkt, geen tijd voor grappen of rookhok. Ik belde
wel twintig mensen die allemaal na een taai gesprek weer
ophingen. Dat gebeurt me normaal nooit. Het joeg me
angst aan, dieren voelen het ook als een soortgenoot niet in
orde is.

De enige ophef werd veroorzaakt door de stagiaire die
met een rood hoofd het vergaderhok kwam uitlopen, een tel

later gevolgd door een net zo rode Fons. 'Whieee,' riep ik met de anderen mee. 'Peuters,' zei de stagiaire gedecideerd. 'Ze kwamen met een rood hoofd uit het vergaderhok,' zei de Stem, die op dat moment daadwerkelijk achter me stond. Ik durfde hem niet aan te kijken. In hoeveel hoofden zou zijn stem nog meer zitten?

Ik wil naar mijn badende overbuurman kijken maar sinds ik bijna door Simeon ben betrapt, heb ik een kijkverbod ingesteld. Ik moet mezelf niet gekker maken. Dus drink ik wijn. Ik leeg net de ouwe fles als Simeon op mijn raam klopt. Hij informeert beleefd hoe mijn dag was en of ik nog wat van Marrit heb gehoord.

Ik vertel levendig over het nieuwe project, bejaardensjans, alsof ik niet de hele dag afwijzende bejaarden aan de telefoon heb gehad. Ik speel weer een rol, merk ik, ik weet alleen nog niet welke.

Simeon komt dicht naast me zitten.

Ik vraag of hij me een sms wil sturen, omdat ik wil testen of mijn mobiel het wel doet. Hij verstuurt een bericht. Ik lach een beetje dommig, had ik natuurlijk ook kunnen testen door mezelf een sms te sturen. Maar misschien doet het hele sms-verstuursysteem van mijn telefoon het niet.

Ik schenk meer wijn in, ik heb nog niet gegeten, achter ons begint de wc-pot weer te gorgelen, nog even en de stank is ook weer terug.

'Kunnen woningbouwmannen niks?' vraag ik. Simeon vindt dat het met het gorgelen wel meevalt. 'Misschien hoor je een echo van hiervoor.' Ik lach spottend.

Mijn mobiel piept. 'Een bericht!' roep ik verbaasd. 'Lekker ding' heeft Simeon me ge-sms't. Ik lach naar hem, hij lacht terug. Ik wil nog een keer inschenken, maar de wijn is op. 'Dan moet je naar huis,' zeg ik. Simeon staat op en helpt mij ook overeind. 'Zuipschuit' zegt hij. En dan: 'Ik heb een betere oplossing.' Ik laat me door hem naar zijn flat leiden, met een 'tada'-gebaar haalt hij whisky uit zijn identieke keukenkast.

'Op Marrit,' zeg ik.

'Op onbereikbare liefdes,' proost hij.

Het eerste glas is leeg en we slaan het tweede op zijn Russisch achterover. Als ik het kletteren van glas op de identieke keukenvloer hoor moet ik opeens heel hard lachen. Zo hard dat ik niet op mijn stoel kan blijven zitten en er alleen maar niet vanaf rol omdat Simeon me ondersteunt. We drinken nog meer en uiteindelijk wankelen we samen naar zijn bed omdat ook hij geen ruimte heeft voor een bank en zijn keukentafelstoelen niet lekker zitten. Vreemd om mijn huis met andere meubels te zien. Ik laat me op het bed vallen.

Simeon komt met een paar prachtige pumps. 'Kijk.'

Ik trek mijn schoenen uit. De pumps zijn iets te klein, maar toch doe ik speciaal voor Simeon een paar wankele stapjes.

'Prachtig!' roept hij.

'Mijn zus kan natuurlijk veel beter op hakken lopen,' zeg ik.

'Je moet het doen met wat je hebt,' zegt hij en lacht daar zo lief bij dat ik niet goed boos kan worden.

Dan trekt hij me op bed en ik val naast hem, of eigenlijk meer op hem, met een onhandige knie bijna in zijn kruis, maar hij zegt dat het niet erg is.

Hij brengt zijn gezicht heel dicht bij het mijne. Ik lach een beetje om niet te laten merken dat ik niet meer weet wat ik moet doen.

Die ogen met dat goud en die spikkels. 'Jij weet niet dat je ook mooi bent, hè?' zegt hij. Zegt de mooie man tegen mij.

Nu lach ik niet meer want ik tril omdat mijn spieren samentrekken. Ik ben ook niet dronken meer. Ik slik, kijk opzij naar het tafeltje waar mijn glas op staat. Ik wil ernaar reiken maar Simeon laat me niet gaan. Zijn armen zitten stevig om me heen, hij heeft een dekbedovertrek met blauwe bootjes erop. Een jongensdekbed, dat stelt me gerust. Het ruikt hier veel lekkerder dan bij mij. Ik laat mijn hoofd op zijn borst zakken. Hij aait me.

Ik reik bibberend naar het glas en sla de whisky achterover. 'Op,' zeg ik en draai me naar Simeon toe. Zijn gezicht is heel dichtbij en zijn mond groot en zacht. Ik durf niet meer te kijken en knijp mijn ogen dicht. Maar hij kust me toch. Ik kreun per ongeluk.

Vanbinnen slaat een motor ronkend aan. Vuur in mijn buik, bubbels in mijn bloed. We zoenen. Ik merk opgelucht hoe mijn verstand mijn lichaam verlaat. Ik druk me tegen hem aan, klauw me aan hem vast, trek zijn shirt uit en loop met mijn nagels over zijn blote rug, glad als een leren jas. Mijn lijf voegt zich naar zijn vormen, zuigt zijn rauwe lijfgeur op, een combinatie van hout en zweet. Ik wil hem in me.

Na afloop rookt Simeon, het dekbed half over zich heen. Ik zeg dat ik ook een trekje wil en kijk naar zijn borsthaar. Herman heeft geen borsthaar – niet aan Herman denken. Ik doe alsof ik Simeons haren uit wil trekken, hij zegt 'au' en duwt me met een arm omver. Hij is sterker dan Herman.

Zolang ik in beweging blijf, hoef ik niets te voelen, dus giechel ik en duw terug. 'Je bent mooi,' zegt hij alweer.

'Maar niet Marrit.' Ik kan het niet laten.

Ik pas heel anders in zijn armen, het ligt wat krapper. 'Bij het speeltuintje achter de school,' zeg ik, 'stond vroeger vaak een man met spierwit haar. Zijn knalblauwe ogen brandden dwars door me heen. De andere kinderen zag hij niet.'

Simeon aait mijn haar, ik duw mijn hoofd tegen zijn hand. Ik ben al lang niet geaaid.

'Een keer ben ik naar hem toegegaan. Ik dacht dat hij me antwoord kon geven op alle vragen van de wereld. Want zo zag hij eruit. Een kruising tussen sinterklaas, de paus en een Indiase goeroe. "Mag ik wat vragen?" zei ik zo beleefd mogelijk. Weet je wat hij antwoordde?'

Simeon weet het niet.

Ik richt me een beetje op en sper mijn ogen open om de man na te doen. 'Coke? Hasjiesj? Heroïne?'

Simeon lacht en ik ook. Maar destijds schrok ik. Hij bewoog ook eng, zag ik opeens, alsof hij verdoofd was. En dan toch zulke ogen. Ik rende weg en vertelde het direct aan mijn zus, die beweerde dat de man inderdaad een zombie was en dat ik aan een wisse dood was ontsnapt. Het duurde lang voor ik weer naar het speeltuintje durfde.

Simeon aait me. Ik kruip dichter tegen hem aan, stijf ingelepeld.

'Mis je Herman?' fluistert hij vlak voor ik in slaap val. Ik schrik er wakker van. 'Ik probeer er zo min mogelijk aan te denken,' fluister ik. Hij verstevigt zijn greep, ik bedenk opeens dat ik mijn mobiel thuis heb laten liggen.

Een paar uur later gaat de wekker, Simeon staat nóg vroeger op dan ik. Ik wil niet met hem douchen, mijn schuldgevoel is ook wakker geworden, bovendien schaam ik me voor mijn lichaam, zo ochtendnaakt.

Maar omdat ik zeker weet dat mijn wc thuis vannacht weer is overstroomd, wacht ik in zijn bed tot hij klaar is met douchen en blader intussen met mijn katerhoofd door de stapel tijdschriften die op zijn nachtkastje ligt. Ik pak het boek dat hij aan het lezen is. *De strategie van de samoerai.* Er vallen drie foto's uit. Van Rita, op pumps, in een Spaans stippeljurkje.

'Hé!' Simeon staat plotseling weer naast me. Ik toon hem de foto's en bestudeer zijn gezicht.

'Dat is het jurkje dat je mij gaf.'

Hij pakt de foto uit mijn hand en houdt hem naast mijn hoofd.

'Korter haar zou je echt goed staan, lekker fris, misschien moet je je tanden ook laten bleken.'

Ik zeg niets.

'Doe je de groeten aan Marrit?' vraagt hij, als ik naar huis ga.

'Doe ik,' zeg ik.

Zodra ik thuis ben bel ik Herman, ik wil biechten.

'Dit nummer is niet langer in gebruik,' zegt een computervrouwenstem. Ik haal de mobiel van mijn oor en staar naar het scherm. Hoe kan dit? Gisteren werkte het nog. En is het toeval dat het gebeurt net na mijn nacht met Simeon? Ik begin me langzaam boos te maken.

Van wie is zo'n stem eigenlijk? Wie is er gek genoeg om eindeloos lettergrepen in te spreken en alle variaties van 'verkeerd verbonden' in een microfoon te dicteren. Ik hang op. Nu weet ik niet of ik een streepje op de muur moet zetten.

Ik loop naar de wc, overal geel water.

Ha zus,
Hoe is het met je? Ik moest vannacht aan die enge man ach-
ter de school denken. Weet je nog, die dealer met die blauwe
ogen. Gek hè, nooit meer aan gedacht en opeens zit hij in
mijn hoofd.
Ben je alweer aan het werk? Hoe is het met je dokter?
Ik zag laatst op tv een vrouwelijke dokter in opleiding die een
hart jatte voor haar lief. Misschien moet je informeren of Raf
dat ook voor jou zou doen. Dan weet je of hij echt van je
houdt.
Laat je snel wat horen? Herman zit nog in België en de boa
c. was even weg, maar is nu weer opgedoken.
Kus van je zus

Send.

De volgende avond ga ik na mijn werk naar het politiebureau om Herman als vermist op te geven. Het wordt tijd dat hij van de snelweg wordt geplukt of waar hij ook zwaar gewond rondzwerft. Ik kan me niet op Marrit concentreren zolang Herman zoek is.

'Enig idee waar hij kan zijn?' vraagt de agente. Ze heeft een vlezig gezicht – niet aan Marrit denken – en een dikke blonde staart op haar rug, die maakt dat haar pet gek zit.

'Hij ging naar België,' zeg ik.

'Naar België?' Ze kijkt me indringend aan 'Kunt u iets specifieker zijn?'

'Hij is verkoper. Hij reist.'

'En het is nooit in u opgekomen eerder te gaan zoeken?'

'Hij zou lang weggaan, zei hij, en toen werd hij depressief, dus dat duurde ook even.'

Ik hoop dat ze niet zal vragen hoe ik dat weet, van die depressie, maar de vrouw knikt zonder iets te zeggen en loopt het kleine kamertje uit. Ik knijp in de foto van Herman die ik, onzichtbaar voor de agente, in mijn tas heb zitten. Ik heb hem meegenomen voor het geval ze posters willen maken, met 'vermist' erop.

Na een eeuwigheid komt de vrouw terug met een collega, hij heeft ook een pet op, ik wist niet dat ze die binnen ook droegen.

'Dus uw vriend is zoek,' zegt hij.

Ik knik.

'En hij is niet in België?'

'Jawel, dat denk ik.'

'Dat denkt u?'

De vrouw doet er een schepje bovenop: 'Heeft u zijn vrienden al gebeld?'

Die vraag voorzag ik, dat heb ik inderdaad al een paar keer gedaan. Tenminste, ik heb zijn werk gebeld en gemaild. Ze zeiden dat ik het moest laten rusten, dat hij wel weer terecht zou komen. 'Waar?' riep ik, 'waar komt hij terecht?'

'Hij heeft slechte vrienden.' Ik kijk de politieagente aan, ik weet niet of ze me gelooft.

De man blijft staan, de vrouw gaat ervoor zitten. Ze typt

iets in de computer. We wachten allemaal tot haar vingers de juiste toetsen hebben gevonden.

'Soms is het zo dat iemand niet gevonden wil worden,' zegt ze tegen het computerscherm. Ze heeft haar wenkbrauwen in rechte streepjes geëpileerd, dat maakt haar nog lelijker. Was Marrit maar hier, dan zou ze iets scherps hebben teruggezegd.

'Hij zei dat hij terug zou komen,' probeer ik het zo redelijk mogelijk te laten klinken. De man kijkt stug naar de muur achter me.

'Precies, hij *zei* dat hij terug zou komen,' zegt hij, 'maar hij *is* er niet.'

'Sinds wanneer is hij eigenlijk weg?'

'Daar gaat het toch niet om?' zeg ik. 'Het gaat erom dat hij nog niet terug is.'

Ik zie een blik van verstandhouding tussen de agenten. Begrijpen ze dan niets? De computer zoemt, op de gang wordt gelachen. Misschien heeft de politie ook een rookhok.

'Nou? Sinds wanneer?'

Ik haal mijn schouders op, kijk haar niet aan.

'Dus,' de mannelijke agent schraapt zijn keel en schuifelt met zijn voeten. De vrouw begint op te staan. Ze willen van me af, begrijp ik. Maar er is nog niets opgelost.

'Misschien loopt hij wel bloedend langs de snelweg!' Mijn stem klinkt schril in dit muffe kamertje. De vrouw kijkt verschrikt van mij naar haar computer, alsof daarop staat wat ze nu moet doen. 'Glaasje water?' vraagt de man.

'Toch niet echt?' zegt ze.

Ik haal weer mijn schouders op. Ze ontspant. Misschien moet ik gillen en schoppen en de vrouw krabben zodat ze me arresteren en serieus nemen. Maar ik zeg: 'Nee dank u, geen water, dankuwel.' De man haalt desondanks een glaasje water voor me en de vrouw loopt naar een andere kamer, waar de printer staat. Heel even zit ik alleen in het kamertje.

De computer zoemt. Ik zou gearresteerd kunnen zijn. Voor vreemdgaan.

'Hier,' zegt de agent en duwt een plastic bekertje in mijn handen. Ik zeg 'merci' en neem een slok.

18

Zaterdagavond belt Marrit opeens, ik laat gauw het doek
voor mijn badderende man vallen.

'Hallo zusje,' zegt ze achteloos en ik zeg 'hallo!', iets te
opgelucht. Ik heb nog negen dagen. Of ik wel weet hoe
fantástisch haar relatie met Raf zich aan het ontwikkelen is
en hoe ongelóóflijk goed hij voor haar zorgt. Ik zeg dat ik
dat niet weet, maar dat het me verheugt: 'Met een dokter
hoef je je nergens zorgen over te maken.'

Dat kan ze alleen maar beamen, ze voelt zich ook stúk-
ken beter en is enórm afgevallen. 'Wist je dat hij klassieke
muziek draait als hij opereert?'

'Dus wat je op tv ziet klopt!'

'Het klopt.'

'Maar hoe gaat het met je?' Ik heb de punaises vast en
draai weg van het raam.

Ze zegt dat ze laatst op straat door een hele groep Italia-
nen werd nagefloten.

'Dan gaat het goed met je,' zeg ik, terwijl ik me afvraag
waarom ik ook alweer zo hoopte dat mijn zus zou bellen.

Waarom vraagt ze niet hoe het met mij gaat?

Marrit vertelt dat Raf haar dikwijls masseert en hoe goed
hij dat kan en dat al zijn vrienden ook artsen zijn en dat ze
allemaal aantrekkelijk en succesvol zijn.

'Je krijgt de groeten van Simeon,' zeg ik en ze doet net

alsof ze even niet weet wie hij is. 'Ik heb zoveel aan mijn hoofd Vera, sorry hoor.'

Ik loop naar de badkamer om naar mezelf te kijken. De wc walmt ondraaglijk en ik zie in de spiegel hoe ik overdreven mijn neus optrek terwijl ik mijn zus nog eens vraag of ze nu beter is verklaard. Ze zegt weer dat het ontzettend goed gaat. 'Ik ben zo'n goudhaantje, val altijd met mijn neus in de boter.' Ze lacht om zichzelf, hard.

Ik wil zeggen dat ze moet oppassen, maar op dat moment boert mijn wc zo hard dat er water op mijn hand spat. Ik spring naar achteren.

'Nou ja zeg, Vera!' hoor ik Marrit in mijn oor.

'Dat was mijn wc,' mompel ik terug.

'Zat je met mij op de wc?'

Ik probeer in een sprong vanaf de douche naar de gang te komen, maar haal het niet. Mijn stap spettert in het bruinige wc-water.

'Hallo?' zegt Marrit lachend, 'Vera? Ben je ontploft?'

'Ze hadden hem gerepareerd!' roep ik, alsof dat alles verklaart. De wc braakt een nieuwe golf water uit. 'Ik moet gaan Marrit, anders verdrink ik, bel je snel weer?'

Ze lacht nog steeds als ik de telefoon van mijn oor haal en op het rode knopje wil drukken. 'Ik hou van je, weet je dat?' klinkt haar stem blikkerig uit het apparaat, 'ondanks...' Haar laatste woord versta ik niet, maar ze heeft al opgehangen. Terwijl ik naar Simeon loop om hulp te halen denk ik erover na. Ondanks wat? Ondanks wie? Ik besluit dat ze 'ondanks jezelf' zei.

Simeon is er niet.

Op de zolderkamer die Marrit en ik vroeger deelden, had Marrit met plakband mijn bed omtrokken en het tot een eiland gemaakt, de rest van de kamer was van haar, omdat zij nu eenmaal ouder was. Naast mijn bed, bij het hoofdeinde, zette ik wankele stapels boeken. Ik verzon een indeling op voornaam, en toen een indeling op de tweede letter van de achternaam, daarna probeerde ik naam en kleur met elkaar te combineren, hoewel dat volgens Marrit niet kon. En áls ik het dan toch zo nodig moest proberen, vond zij dat ik het 'netjes' moest doen. Want Marrit beweerde dat zij dat was, netjes, ook al liet ze meestal van alles slingeren. Ik moest niet proberen daar iets van te zeggen, anders kreeg ik een onderbroek naar mijn hoofd.

Ik had één la in een kast die op Marrits gebied stond. Daar mocht ik alleen 's ochtends komen of als ik kon bewijzen dat ik vieze kleren had. Dan snuffelde ze onder mijn oksel en zei 'getver'.

Zelfs mét toestemming moest ik eerst wachten tot Marrit me een teken gaf dat ik naar de kast mocht. Als ik te vroeg ging schopte ze me, of ze trok aan mijn haar. Of ze goot die avond een glas water over mijn kussen.

'Laat je niet zo op je kop zitten,' zei pappa toen ik bij hem mijn beklag deed. Maar het punt was dat Marrit onze moeder aan haar kant had. En die was er niet alleen vaker, die had ook meer macht.

Om Marrit te pesten hamsterde ik schone onderbroeken onder mijn kussen en kwam dan dagen niet op haar gebied. Daar werd ze ongelooflijk boos van. Waarom wist ik niet, maar het deed me genoegen.

Als ik echt te ver ging, stootte ze het bakstenen monument voor mijn olifant om. Dat was het ergste wat ze kon doen; ik had die stapel stenen heilig verklaard, zoals ik een keer in een film over Bali had gezien. Ik bracht kleine offers aan de stenen, ook al geloofde ik niet dat mijn olifant ooit nog terug zou komen. Mijn lievelingsknuffel, mijn enige vriend, was voor altijd verdwenen.

Als ik er 's avonds in bed wel eens om huilde, kon ik er zeker van zijn dat Marrit het de volgende dag op school rondvertelde. Dus huilde ik zo stil mogelijk.

Na even aarzelen voor Simeons deur keer ik terug naar mijn stinkende huis. Ik doe de tussendeur dicht en ga naast het muziektorentje en de berg cd's zitten. Ik tuur naar de titels maar kan niet verzinnen waar ik naar wil luisteren. Dan kijk ik een tijd naar de oogpotloodstrepen op de muur, ze beginnen op sommige plekken al uit te vlekken.

Marrit is vast boos omdat ik heb opgehangen en ik wil met iemand praten maar ik weet niet met wie.

Voor het doek met de punaises haal ik diep adem en geef dan een fikse ruk, punaises springen alle kanten op. Nu heb ik vol zicht op de badkuip. Zijn hoofd steekt eruit. Ik heb geluk.

'Je bent gewoon jaloers,' hoor ik Herman opeens zeggen. Hij staat naast me en grinnikt minachtend om de vetzak aan de overkant die het uitzicht bepaalt. Hij aait mijn haar. 'Het is niet de man die je wilt, het is zijn bad!'

'Nee hoor, ik wil de man.'

Terwijl ik 'Badman, o, bádman' gil, stuif ik ervandoor en Herman achtervolgt me, tot hij me tackelt en in de kussens onderduwt. Ik laat me onderduwen. Ik ben het soort meisje dat zich laat onderduwen.

Als ik te moe ben om op de kruk te zitten, ga ik op het beton naast het bed liggen en staar naar het kale peertje dat zonder plichtplegingen op me neer schijnt. Daar gingen we een kroonluchter hangen. Maar eerst moest er een bed. En toen een keukentafel. En toen waren we al weer zo aan het flatleven gewend dat we de peer als onderdeel van het huis adopteerden.

Ik tik 'waar ben je lief?' in de computer en druk op de send-knop, dan zet ik een streep op de muur.

In het begin had ik nog een indeling. Een voor de mails die ik Herman stuur, een voor de sms'jes, een voor het aantal dagen dat hij al weg is. De sms'jes lagen op kop, maar hebben nu geen zin meer. Zinloze streepjes, daar hebben boeven nou nooit last van.

Het was een ex-vriendje die me als eerste over streepjes op de muur vertelde. Hoewel 'ex-vriendje' misschien een te groot woord voor hem was, stiekem heb ik Herman altijd als mijn eerste en enige vriend beschouwd. Deze ex, ook al een afdankertje van Marrit, was een proefkonijn. Marrit had hem me aangeraden, om het op te leren en geen figuur te slaan als ik aan een echte relatie begon. 'Zorg dat je ervaring opdoet, Vera. Ervaring is ook veel waard.' Marrit maakte zich zorgen dat ik nooit liefde zou vinden. 'Tenminste niet zoals met mij en Berend. Dat is niet voor iedereen weggelegd.'

De ex heette Robbie en vertelde me met kennis van zaken dat gevangenen daadwerkelijk streepjes zetten, niet alleen in de Lucky Luke. Hij had een doorrookte stem en zijn gedrongen lijf was overvloedig behaard op de raarste plaatsen behalve op zijn hoofd. Het feit dat hij tien jaar ouder was, grof gebekt en zijn korte armen door alle spieren niet recht naast zijn lichaam kreeg, maakte hem een perfect oefenobject. Marrit noemde hem 'afgedankt gezwel'.

'Een wonder dat jullie zussen zijn,' zei hij. Ik vond het verfrissend dat iemand mijn zus af en toe voor 'frigide kut' uitmaakte.

Robbie probeerde eerst een leven op te bouwen als kunstenaar maar toen bleek dat hij geen enkele aanleg had, werd hij galeriehouder. Ik ging braaf naar zijn eerste opening en was diep onder de indruk van een schilderij met een zeer dunne, haast doorzichtige vrouw erop in een wit jurkje. Ze stond helemaal links in beeld, je zag haar van achteren. Ze keek naar de zee die het hele vlak vulde. Haar rechterarm geheven, haar linkerhand, nauwelijks zichtbaar, een wit gebalde vuist. Ik doopte het schilderij 'Her Man', want het had nog geen naam en ik wist zeker dat ze daar op wachtte, die vrouw bij de zee. Ik wist ook zeker dat ze wist dat ze bekeken werd. Door mij.

Vroeger, als ik verdrietig was, ging ik wel eens in het zolderraam van onze gedeelde slaapkamer zitten. Marrit sliep al en ik wist dat je me vanaf de straat kon zien, maar ik zag niets, want er was nauwelijks verlichting in de straat.

Mijn voeten op de dakpannen, de wind door mijn pyjama heen. De kou hielp het gevoel dat ik iets bijzonders deed. Dat er iemand in het duister beneden me kon zien.

Na mijn ontdekking van het schilderij bij Robbie zeurde ik net zo lang tot Marrit een keer meeging naar de galerie.

'Wel wat overdreven,' zei ze keurend. 'Beetje kitschy.' Ze knipoogde naar Robbie, die erbij was komen staan. Ik wilde haar knijpen, maar ik bewoog niet.

Marrit heupwiegde toen ze de deur weer uitliep. Robbie kleurde tot aan zijn dunne haargrens.

Herman begreep me daarentegen volkomen. Hem ontmoette ik twee dagen later, toen ik de galerie binnenglipte om weer naar het schilderij te kijken. Robbie kwam blij op me af, zijn armen onmannelijk heen en weer zwaaiend. 'Hij heeft haar gekocht!'

Ik begreep niet wat hij zei, want ik zag alleen blonde Herman met de grote glimlach die zich naar me toe boog en fluisterde: 'Ik moest wel, Robbie zei dat je het schilderij mijn naam had gegeven.'

Destijds had Herman nog een vriendin, dus kwam het schilderij in haar huis te hangen. Honderden hartstochtelijke sms'jes en foezelpartijen in steegjes later koos Herman voor mij, maar in onze kleine flat paste de vrouw in haar witte jurk niet. Geeft niks, zei Herman, we slaan haar op, krijgt ze later een plek in ons echte huis.

Waar zou het nu zijn? Ik heb er niet eens een foto van. 'Ze had er niet eens een foto van,' zegt de Stem. En daar is het beeld van mezelf. Op een kruk voor het raam in een bezoedelde flat. Ik keur het beeld af. Ongeschikt materiaal.

In de keuken schenk ik mezelf een glas wijn in. Mijn flat is net zo donker als de lucht buiten. Ik trek Echie, die nietsvermoedend in de vensterbank ligt te suffen, ruw naar me toe maar hij wil niet. Verplicht knuffelen is onder zijn stand.

In de badkamer hangen nog steeds de walmen. Het laagje water op de grond negeer ik. In het schemerdonker zie ik in de spiegel alleen de omtrekken van mijn gezicht, maar die omtrekken zien er verdrietig uit. Denken aan ons schilderij voelt alsof ik mijn hart in een vriesvak stop. Als er in dit hok nou zelfs maar een badkuipje zou passen.

In het begin was ik onzeker of Herman mij wel leuk genoeg vond. Maar ik was 'helemaal zijn type,' zei hij. Niet te wild, niet té knap, 'dan moet ik steeds alle mannen van je afslaan.'

'Vera is lief,' zei hij als we bij vrienden van zijn werk op bezoek waren, soms aaide hij mijn haar.

Vooral het eerste halfjaar was hij gek op me. Hij maakte me 's nachts wakker om op 'strooptocht' door de stad te gaan. Dan jatten we bloemen uit de tuinen van rijke mensen en legden die ergens op een plein. Om mij te plezieren bivakkeerde hij een nacht lang voor het Uitburo, omdat er een band was die ik echt moest horen en hij niet het risico wilde lopen dat het uitverkocht zou zijn.

Ik was uitgelaten, er was nog nooit zoveel van mij gehouden. Wat Herman ook voorstelde, ik vond het geweldig.

Maar zijn hartstochten waren als griep; ze bevlogen hem even snel als ze hem weer verlieten. Daar klaagde hij wel eens over. Dat zijn nieuwe racefiets niet in onze flat paste en dat hij daarom was gejat. Dat zijn ski's praktisch de hele berging opvulden (wat niet waar was, er stonden ook twee gedemonteerde kasten en een voetbaltafel).

Herman was een ontdekkingsreiziger die langs mijn kleine eilandje voer en mij als een trofee met zich meenam. Herman vond het grappig als ik piekerde.

'Je moet het allemaal niet zo serieus nemen, Veertje,' zei hij dikwijls.

Hij had nog nooit iemand ontmoet die zo sterk op bepaalde woorden reageerde, vond het grappig dat ik ging trillen als hij 'zombie' zei. Vindt. Hij vindt het nog steeds grappig.

Soms zet hij expres een nieuwe zak wc-rollen op de keukentafel en gaat er dan naast zitten met champagne en aardbeien. Hij weet dat ik de champagne niet kan drinken vóór de rollen op houder in de badkamer zitten gespiest. Ik verdraag die combinatie niet, probeer ik hem iedere keer uit te leggen. Bovendien hou ik niet van champagne. Maar dat vertel ik niet.

Zijn ogen, die mis ik. Als hij enthousiast is, worden ze blauwer. 'Ik mis je,' zeg ik zacht.

19

'Jij bent de enige de me begrijpt,' fluister ik tegen mijn over-buurman. 'Jij bent mijn echte liefde.' Hij staat rechtop in zijn kuip, water loopt van zijn lichaam. Hij kijkt ergens naar, ik vermoed naar een spiegel. Zie ik zijn mond bewegen? Is hij ook iemand die tegen spiegels praat? Ik zie hem draaien en turen, zijn dikke buik schommelt.

Deze man heeft zijn kans gegrepen en niet meer losgelaten. Hij laat zien hoe makkelijk het kan zijn. Het enige wat ik hoef te doen is me bij hem te voegen zodra de tijd er rijp voor is.

Ik kruip terug in bed en duw Simeon een beetje opzij. Hij klopte vannacht aan en kroop bij me in bed alsof dat vanzelf sprak. 'Vind je het hier niet te erg stinken?' vroeg ik hem. Hij zei dat hij niets rook.

Verwarrend dat er opeens zoveel mannen in mijn leven zijn. Ik zou er met Marrit over willen praten, maar die zit vast met haar dokter op de bank.

Als ik me op mijn zij draai, slaat Simeon in zijn slaap een arm om me heen. Ik duw hem niet weg.

Kijk Marrit, zeg ik in het donker, hij wil eigenlijk jou maar ik heb hem. Wat is daar onecht aan?

Het is heel vroeg en maandagochtend als ik opnieuw mijn ogen open. Nog maar zeven dagen. Simeon is al opgestaan en staat voor het kleine raam zijn tanden te poetsen. 'Ik snap best dat je hier normaal een doek voor hebt hangen. Wat een zielenpoot.'

Mijn voeten worden koud en ik kijk hem zo kil mogelijk aan. 'Die man weet wat hij wil met zijn leven, dat kun je van ons niet zeggen.'

Simeon denkt dat ik een grap maak en lacht hartelijk. 'Omdat we allebei iemand willen die we niet kunnen krijgen? Maar we hebben elkaar toch? Dat is ook best goed.'

Best goed.

'Ik heb koffie gezet,' roept hij me achterna als ik in de keuken verdwijn, 'wist je dat het lampje van je waterkoker het niet doet?' Hij komt me achterna en gaat op de keukentafel zitten. 'En dat je bijna een gat in je aanrecht hebt? Alsof er iets uit geschuurd is. Je moet wel een fanatiek schoonmaakstertje zijn.'

Op mijn werk besluit ik dat vandaag het moment is. Ik ga mijn zus bellen, vraag haar wat ik moet zoeken en ga op stap.

Ik zie mezelf al de kamer van Fons binnenlopen: 'Geef me een paar dagen vrij want ik moet mijn zus redden.'

Het zou handig zijn als ik er vleugels bij droeg, om Fons te overtuigen.

Ik haal diep adem en bel Marrit. Haar voicemail. Ik hang op.

Ik staar een tijdje naar mijn beeldscherm.

Ha Mar,
Hier in snelle haast je zus.
Hoe is het in Pur? Hier gaat het goe.
Wil je me gauw bellen? Dan kunnen we kibbelen.
Kus van je zus

Dat 'kibbelen' vind ik wel luchtig klinken. Als ik het te ernstig maak is ze bij voorbaat al boos want zo is ze. Boos om niets. Ik wacht de rest van de dag op een reactie terwijl ik op een blocnote allerlei mislukte e-mails aan Herman oefen. 'Ik moet je wat vertellen, lief.' 'Omdat je al zo lang weg bent, lief.' 'Ik hoop dat je begrijpt...' 'Ik snap dat je ruimte nodig hebt, maar...'

Als ik aan het einde van de dag thuiskom ga ik zo snel mogelijk weer naar buiten, om te lopen. Om mijn flat te ontlopen, om de stank te ontlopen, om mezelf te ontlopen.

In mijn hoofd circuleren nog steeds beginzinnen aan Herman en de tijdsdruk van mijn belofte en ik loop doelloos langs het fietspad in de richting van het plantsoentje.

Een fietser ziet me te laat en sist 'hoer' in het voorbijgaan. Ik blijf er verbaasd van naschudden. In een andere situatie had ik direct teruggescholden, nu is hij al weg tegen de tijd dat ik mijn mond open. Ik heb zin hem achterna te hollen om hem te vragen waarom hij me uitschold.

De fietser zag er niet uit als iemand die zomaar scheldt tegen onbekenden. Gewoon een jongen. Niets bijzonders, vermoedelijk een vaste baan en een vaste vriendin. Ik merk dat ik het op een lopen heb gezet. Een sukkeldraf achter de fietser aan. Ik heb geluk, hij staat stil bij een stoplicht. Zie je wel, hij is het soort jongen dat voor een stoplicht stopt. Ik beweeg me trager dan ik denk. Ik ben nog niet bij hem als het licht al op groen springt.

'Ho! Stop!' Ik roep het wel, ren zelfs de weg op, maar hij reageert niet. Ik blijf nahijgend staan. Dan draai ik me om en bots tegen een andere fietser op. Een vrouw dit keer, met een roze fietsmandje voorop. 'Trut!' krijst ze.

Ik vlucht naar huis, schenk een glas wijn in en neem plaats op mijn kruk voor het kleine raam.

Hij komt binnen en begint direct zijn kleren uit te trekken, alsof zijn pak hem verstikt. Een mooi gezicht, een man die zich bevrijdt van zijn kleding. Niet sierlijk, zoals je op tv ziet, waar de kleren meestal ter ere van een mooie deerne uitgaan. Eerder als het afstropen van een te strakke huid.

Hij draait zijn kraan open en vertraagt. Heel vaak en liefdevol buigt hij zich over het bad om te voelen of het al op
temperatuur is. Hij aait het water. Ik kan dat water niet zien,
wel zijn tedere armbeweging. Ik denk dat hij er ook iets als
badolie ingooit, vooral om zijn bad te behagen. Ik weet dat
hij kreunt terwijl hij zich in het water laat zakken. Ik weet
zeker dat de wereld van hem afvalt als de warmte hem om-
sluit. Niets doet er nog toe dan het water. Het warme water
en zijn steeds zachter wordende lichaam. Eenmaal in bad
beweegt hij eerst nog een tijdje. Hij speelt met het schuim,
ik verdenk hem ervan dat hij met badeendjes speelt. Maar
dan, na een minuut of tien, valt hij helemaal stil. Hij leunt
naar achteren en wordt een hoofd dat uit het water steekt.
Hij wil zijn huid eraf weken. Hij pelt zichzelf.

Echie drentelt om de kruk, zijn bek wijdopen. Hij heeft
honger en danst net zo lang om me heen tot ik naar de keuken loop. Zodra hij zijn eten ziet, verliest hij alle interesse
in mij. Terug naar mijn raam. De man in bad is net zo alleen als ik. Allener nog. Als mijn leven met het zijne zou sa-
mengaan, zou dat voor ons allebei een verbetering zijn. Als
ik bij hem hoor, hoef ik nooit meer bang te zijn om door de
mand te vallen. Dan is er niets aan mij wat door de mand
kan vallen. Ik teken een olifantje op de ruit en wacht tot het
nacht is. Als Simeon aanklopt doe ik niet open. Ik heb besloten door het stof te gaan.

Lieve Marrit,
Hoe kan ik me het verleden herinneren als jij me niet helpt?
Of is dat wat je bedoelt, dat ik je hulp nodig heb?
Nou goed dan: ik heb je hulp nodig.
Help!
Laat je wat van je horen?
En kom je op mijn verjaardag?
Bel me nou.
Kus van je zus

20

27 februari. Nog zes dagen. Omdat ik geen schone kleren meer heb, trek ik na mijn werk het Spaanse stippeljurkje van Simeon aan. Daarin zit ik vanaf zes uur 's avonds naar het verlichte raam van mijn bader kijken. Hij is net als ik onrustig. Ik zie hem heen en weer lopen met steeds meer kleren aan. Misschien weet hij ook niet meer hoe het verder moet.

Als hij uit mijn zicht verdwijnt schrik ik; hij is van plan de deur uit te gaan.

Tien minuten later sta ik bij de voordeur van zijn flatgebouw. In mijn stippeljurkje met een vest erover. Ik kijk naar het rijtje bellen. Naast de bellen heeft iemand een octopusje geschilderd. Een blauwe, met druiperige tentakels. 'Je moet op de tekens letten,' hoor ik Simeon zeggen. Ik concentreer me weer op de deurbellen, maar voor ik iets in me op kan nemen gaat de deur open. Ik pers me tegen de octopus en probeer vanuit mijn ooghoeken te zien wie het is. Een mevrouw met een boodschappentas.

We knikken neutraal. Mijn hart pompt hard. Het is maar goed dat er zoveel mensen in de flat wonen. Een nieuw gezicht als het mijne valt niet op en waarschijnlijk kennen ze me uit de buurt. O, woont ze híer, zullen ze denken, áls ze al iets denken. De stem van Marrit: 'Niet iedereen is alleen maar met jou bezig, hoor.'

Nog geen tel later gaat de deur opnieuw open en stapt er eerst een moeder en dan een meisje naar buiten. Het meisje heeft een iets te groot bruin ribjasje aan en blauwe laarzen. Haar haren zijn in bloempotmodel geknipt, ze kijkt alsof ze daar trots op is. Ik probeer te doen alsof het héél normaal is om tegen de muur gedrukt te staan. Het meisje stopt even om me te bestuderen en kuiert dan achter haar moeder aan. Ik kijk haar na en mis daardoor bijna de stille tred die direct op het wegsterven van het kind is gevolgd. Ik zie hem nog net de straat in verdwijnen.

Na een korte aarzeling zet ik de achtervolging in. Ik hoef niet te zoeken, hij laat een spoor van zeepgeur achter. Om de hoek van de straat staat hij op de bus te wachten. Omdat ik geen idee heb wat ik tegen hem moet zeggen duik ik weg achter een lange man en check in mijn portemonnee of ik een buskaart bij me heb. Ik stap als laatste in. 'Doe maar drie strippen,' zeg ik lukraak tegen de chauffeur. Ik ga achterin zitten.

We rijden lang. Straks gaat de chauffeur natuurlijk zeggen dat ik te weinig strippen heb afgestempeld. Er komt een plek direct achter mijn bader vrij, maar ik durf me niet te verplaatsen.

We zijn bijna bij het eindpunt, ergens ver in Zuid. Bij de laatste halte staat hij plotseling op en loopt naar de achteruitgang. Hij kijkt naar de grond tijdens het lopen. Ik volg hem zo snel mogelijk. Eenmaal buiten stapt hij stevig door, hij kent zijn doel, dat is duidelijk.

Ik wil deze man vertrouwen, ik wil dat hij mij leert kennen, ik wil samen met hem in bad.

De straat die hij inslaat ken ik ook; hier had ik vroeger bijles Duits. Dat is vast geen toeval. Ik teken een 'dankjewel' in de lucht. Hij belt aan bij een weelderig huis met een vorstelijke trap. Een lamp is tijdens zijn klim automatisch aangesprongen.

Ik verstop me achter een auto. De deur zwaait open en ik

vang een glimp op van een vrouw met krullend haar. 'Liefje!' roept ze. De man in zijn zakkige windjack krimpt met elke stap die hij neemt. Hij valt stuntelig in haar armen. Het kan haar blijkbaar niets schelen want ze zoent hem vol op zijn mond.

Als de deur weer dicht is sluip ik achter mijn auto vandaan. Ik loop weg van het huis en laat me zodra ik enigszins uit zicht ben op de grond zakken om tegen een keurig onderhouden heggetje aan te leunen.

Ik blijf er lang zitten, verwonderd bekeken door een enkele avondlijke passant, maar niemand spreekt me aan.

Mijn badende overbuurman heeft een vrouw. Ik heb te lang gewacht en hem uit mijn vingers laten glippen. Nu heeft hij mij niet meer nodig.

Uiteindelijk kom ik moeizaam overeind en strompel naar de bushalte. De hele rit naar huis staar ik naar het graffitipoppetje op de stoel voor me. Het lacht naar me maar ik heb geen idee waarom.

21

Net als ik wil gaan slapen word ik gebeld. Het is mijn moeder en ze huilt hevig. Ik bevries vanbinnen. Ze staat weer voor het ziekenhuis, hikt ze, haar stem waait weg in de wind.

'Ik mag niet bij haar,' roept ze, 'kom nou snel.'

Ik laat de telefoon bijna uit mijn ijskoude handen vallen. Mijn tas, mijn jas, mijn portemonnee, Simeon, nee, geen Simeon. Ik trek onhandig mijn jas aan, beweeg te snel waardoor ik de mouwen mis en ren de galerij af. Beneden staat mijn fiets in het rek en ik vecht met de sloten om ze los te krijgen. Ik bedenk opeens dat ik mijn fietslampjes ben vergeten en schaam me voor die gedachte. Ik heb haast, ik moet naar mijn zus. Ik fiets zo hard ik kan naar het station. Daar parkeer ik mijn fiets op een plek waar het niet mag, het kan me niet schelen als ze mijn fiets pikken of namens de gemeente wegknippen. Dat heb ik voor Marrit over. Ik weet opeens heel zeker dat ik alles voor Marrit over heb.

'Naar het ziekenhuis, snel,' zeg ik tegen de taxichauffeur.

'Wat?' zegt de chauffeur. 'Welk ziekenhuis?'

'Snel!' snauw ik.

'Je bloedt toch niet ofzo?' De man draait zich om en kijkt achterdochtig van mij naar zijn bekleding.

'Schiet op man,' zeg ik maar hij schiet niet op, ik duw mijn voeten in de vloer alsof ik gas geef.

'Sneller,' smeek ik de taxichauffeur. Hij kijkt strak voor

zich uit en negeert me. Een superzusje was er allang geweest. 27 februari. Ze is te vroeg.

Bij het ziekenhuis moet ik eerst pinnen want de taxichauffeur accepteert mijn creditcard niet. In de hal van het ziekenhuis staat een pinautomaat, het gaat veel onhandiger dan normaal omdat ik zo'n haast heb en de verkeerde cijfers intoets. Ik pin meteen vijfhonderd euro en als ik me uiteindelijk met geld in mijn hand omdraai zie ik dat de chauffeur vlak bij me staat.

Ik geef hem vijftig euro en ren weg. Na een paar gangen weet ik het niet meer. Ik wil snel, ik zwenk en keer terug, ben net een winkelwagentje met verkeerde wieltjes. Dit kan ook helemaal niet, ik had nog zes dagen.

Uiteindelijk vind ik een verpleegster die me meeneemt naar de juiste balie vanwaar ze me naar de intensive care sturen. Ik begin te rennen en mijn portemonnee host uit mijn tas en mijn pasjes rollen over de vloer maar mijn geld niet, dat blijft om de een of andere reden in de daarvoor bestemde gleuf zitten. Ik buk snel en kom even snel weer overeind en door de vlekken voor mijn ogen zie ik gaten in de vloer en zeg ik hardop 'nu word ik verzwolgen', waardoor het bijna een wens lijkt.

Marrit gaat me uitlachen als ze straks hoort hoe ik me heb gedragen. Het is vast hetzelfde als de vorige keer en dit keer zal ik meteen aan haar vragen of we dan samen naar het vakantiebos kunnen gaan. Ik zal een fiets regelen. Een taxi als het moet.

Ik struikel de trap op naar de afdeling. 'Marrit!' hijg ik.

'U bent haar zus?' vraagt dezelfde forse zuster van de vorige keer. Ze herkent me niet.

Ik begin te huilen. 'U weet het al?' zegt ze en neemt mijn arm. 'Dokter Raf van de hartafdeling is ook onderweg. Een bekend gezicht in dit soort situaties wordt als prettig ervaren.'

Ik wil me losrukken, ik wil nog even rennen, hijgen, onderweg zijn. De zuster trekt me mee een kleine kamer in, waar maar één bed staat.

Ik zie mijn moeder en ze slaat haar armen om me heen. Naast het bed staat dokter Raf met dezelfde treurige uitdrukking als die van de zuster.

'Wat?' zeg ik. 'Wat!?'

Ik voel dat mijn ogen opengesperd zijn van angst, maar tegelijk is het alsof ik een rol speel, net als op mijn werk. De rol van de bezorgde zus die in het ziekenhuis staat, mijn handen zijn zo mogelijk nog kouder als ik ze met gespreide vingers tegen mijn gezicht sla. De geschrokken bezorgde zus.

'Het is heel snel gegaan,' zegt dokter Raf.

Ik wil naar Marrit lopen, maar mijn moeder houdt me tegen en vraagt waar Simeon is. 'Blijf staan,' zegt ze en loopt met haar mobiel de gang in. Ik begrijp niet wat Simeon ermee te maken heeft, ik wil naar Marrit, maar dokter Raf legt een hand op mijn schouder.

'Het is heel snel gegaan,' zegt hij nog eens.

Ik wil me lostrekken maar hij knijpt in mijn arm. Hij kijkt me niet aan. Hij kijkt naar de zuster die komt aanlopen en me vastgrijpt zodat Raf me los kan laten. Nu houdt de zuster me vast. 'Wacht maar even,' zegt ze. 'Je moeder komt zo terug.'

'Wat bedoelt hij?' vraag ik aan mijn moeder als ze weer binnenkomt en wijs naar de dokter. 'Wat bedoelt hij met "Het is heel snel gegaan"?'

Ik wil naar voren, maar de zuster houdt me vast. Ze knijpt in mijn arm, het doet pijn.

Ik wil naar Marrit om te vragen wat er aan de hand is.

'Marrit,' zeg ik. 'Mar?'

'Ze heeft geen pijn gehad,' zegt dokter Raf.

Hij zegt dat ze door haar vriendinnen is gevonden en toen met gierende ambulances naar het ziekenhuis is gebracht. Dat ze 'alles hebben gedaan wat ze konden'.

'Wanneer was dat?'

'Vanavond.'

'Waarom heeft ze mij niet gebeld. Ik had zeker opgenomen.'

'Ik zei al,' zegt dokter Raf, 'het is heel snel gegaan.'

Ik probeer aan vanavond te denken, wat was ik aan het doen toen mijn zus viel?

Ik kijk naar mijn moeder maar die kijkt niet naar mij; wist ze het al toen ze me belde?

En opeens denk ik: als ze al dood was, waarom moest ik me dan zo haasten? Maar dat mag ik niet denken, dat is net zo erg als op zo'n moment aan je fietslampjes denken. Ik sper mijn ogen verder open. Raf staat tussen mij en Marrit in.

'Maar jullie zijn samen naar Amsterdam geweest,' zeg ik, 'je hebt een roos voor haar gekocht.'

'Nou Veer,' schiet mijn moeder hem te hulp.

'Je hebt een rode roos voor haar gekocht.'

'Veer,' zegt mijn moeder.

'Je hebt een RODE roos voor haar gekocht.'

Dokter Raf kijkt verbaasd. 'Ik?'

'Ja! Ze deed je aan je achternicht denken.'

Mijn moeder knijpt me, maar ik ruk me los.

'Ze zei dat jij nu voor haar zorgt!'

De dokter kijkt me zwijgend aan.

'Jullie waren verliefd.' Ik hoor hoe schril ik klink. 'Jij was haar nieuwe liefde!'

De zuster trekt haar wenkbrauwen op en zegt: 'Sssst.'

'Liefde!' roep ik nog eens.

Dokter Raf grijnst schaapachtig.

'Misschien is het beter als je meekomt naar de gang, even weg,' zegt de zuster en dokter Raf vraagt of ik iets kalmerends wil en op dat moment begint iemand heel hard te huilen en als de zuster me de gang opduwt besef ik dat ik het ben. 'Agaath!' gil ik. 'Ze heeft Agaath niet eens gedag gezegd.'

Dokter Raf is achter me aan gelopen en trekt zijn schouders op, hij schudt zijn belachelijk brede kaken. Hij is zelf een hond met zijn doktersparodiehoofd. Je ruikt op tv niet hoe steriel ze in het echt ruiken. Daar is Marrit mijn leugenzus natuurlijk op afgeknapt. Misschien doet hij dit werk nog niet lang, weet hij nog niet hoe hij zich met de perfecte deodorant – 'deze moet je echt eens proberen kerel': de basstem van een collega – van lichaamsgeurtjes moet ontdoen. Of is het als met de visboer en gaat die geur nooit meer echt weg?

'Gaat het weer?' vraagt hij als ik abrupt ophou met huilen. Het gaat niet, maar ik knik. Ik wil mijn zus zien. Dit keer laat ik me door niemand tegenhouden..

Ze blijft heel stil liggen als ik bij haar bed kom. Dat had de echte Marrit nooit gedaan, die had zich opgericht en me aangekeken.

Ik zie hoe mijn moeder over Marrit heen gaat hangen om haar te zoenen en ik zie hoe ze daarbij met haar elleboog op de arm van mijn zus leunt.

'Je doet haar pijn,' wil ik zeggen. Mijn moeder komt overeind en begint te huilen. Al die nutteloos geworden draden, verbonden aan zinloze apparaten, begeleid door eenzame uithalen van verdriet. Dit beeld: rouwende vrouwen bij een bed. De dokter discreet op de achtergrond. Op tv had ik weg gezapt. Het is zó oneerlijk.

Ik had nog zes dagen.

We worden nu allebei de gang op gezet. 'Agaath zit in mijn auto,' zegt mijn moeder zakelijk. 'Die logeerde toch al bij mij.' Ze geeft me haar sleutels. Waarom? Hoezo? Wil ik vragen, maar ze zakt weg in haar kuipstoel. 'Ik zal u iets kalmerends geven,' zegt de alsmaar opnieuw opduikende dokter Raf tegen mijn moeder. Goed zo Raf, herhaal je tekst, loop maar achter ons aan, kloterige soapdokter. Op naar het volgende shot, de volgende scène, straks lekker in je cabrio op je bootschoenen met witte tennissokken naar je minnares, een jong zustertje, die op een verlaten parkeerplaats in haar gele Audi op je wacht. Jullie boeken een hotel, gaan naar binnen en hebben seks. Maar je weet niet dat jouw liefje met haar kekke kontje nog geen uur ervoor – nu – je vrouw heeft vergiftigd en dat zij op hetzelfde moment waarop jij met die lelijke filmgrimas op je kop klaarkomt, haar laatste adem uitblaast.

Ik wend me af en begin weg te lopen en op dat moment komt Simeon aan hollen: 'Gaat het?' fluistert hij, maar ik reageer niet. Ik had haar gered, als ze me niet in de steek had gelaten.

'Ik ga hem halen,' zeg ik tegen Simeon en trek hem mee de kamer uit, eerst tegen een verdwaalde kuipstoel op en dan verder, naar de klapdeuren die automatisch openzwaaien, allebei een andere kant op, zodat ze hoe dan ook tegen je neus slaan. Ik beweeg zo rechtdoor mogelijk. Ik beweeg alsof ik dronken ben en zonder af te gaan huiswaarts wil koersen.

Op de parkeerplaats trek ik Agaath uit de Opel en dirigeer hem op Simeons achterbank. Simeon heeft de motor al gestart.

'Rijden!' en we stuiven de parkeerplaats af, de nacht in.

'Ik hou niet eens van kangoeroes,' zeg ik na een paar kilometer. Simeon heeft er fiks de vaart in gezet.

'Wat?' zegt Simeon. Hij lijkt niets te weten van mijn droom en de kangoeroezadels, misschien heb ik het alleen ooit aan Marrit verteld.

'Stop hier maar,' zeg ik. Maar we staan al stil, voor de flat, voor ons huis. Ik laat me door Simeon naar boven helpen. Agaath duw ik mijn flat in, die zoekt het samen met Echie maar uit. Ik check niet eens eerst of Herman toevallig al thuis is.

'Moet je niet iemand bellen?' vraagt Simeon die als vanzelfsprekend is meegelopen. Maar ik kan niemand verzinnen. 'Even niet,' zeg ik. Het is al bijna ochtend.

'Je bent een rare, Vera Meyer,' zegt Simeon, kruipt in mijn bed en valt meteen in slaap. Ik zet mijn computer aan. Een mailtje. Van Fons.

Beste Veer, ze gaan een item over ons maken, achter de schermen, je kent het wel, en jij wordt morgen geïnterviewd. Trek je een leuk jurkje aan? Slaap lekker, je baas.

22

Nog voor Simeon wakker is, vertrek ik de volgende dag naar mijn werk, alsof er niets aan de hand is. Nog vijf dagen.

Ik heb Simeons Spaanse stippeltjesjurk aan, de cameraploeg staat al op me te wachten. 'Dus jíj bent de sterredacteur.' De verslaggever van het andere programma dat een item maakt over ons programma kijkt alsof hij het niet helemaal gelooft. Om Fons niet te laten vallen lach ik zo innemend mogelijk. Misschien had ik meer make-up op moeten doen.

'We gaan onderzoeken wat de verlangens van de redacteuren achter zo'n gek programma zijn,' zegt de verslaggever en doet alsof dat een heel goed idee is. Ik knik, ik heb me voorgenomen eerlijk op al zijn vragen te antwoorden. Het is te lang geleden dat iemand me iets heeft gevraagd.

'Ik zou willen vliegen,' zeg ik tegen de verslaggever zodra de camera draait. Ik durf hem niet in de ogen te kijken. Hij heeft stekelharen op zijn kin. Witte, een stuk of tien. De cameraman zoomt in op mijn gezicht. 'Maar ik kan het niet,' vervolg ik.

'Nee, mensen kunnen nu eenmaal niet vliegen,' zegt de verslaggever droog.

'Nee.' Ik vraag me af of hij een vriendin heeft en of die wel eens heeft gezegd dat ze weg moeten, die haren. Als Herman zulke haren had zou ik het meteen zeggen. Maar

135

Herman heeft niet zulke haren, gelukkig. 'Nee, dat kan niet. Dus ben ik redacteur geworden.' Ik richt me tevreden op, dat heb ik goed gezegd. De verslaggever knippert met zijn ogen. De cameraman draait nog steeds. Hij wil blijkbaar meer horen, maar ik weet niet wat ik nog meer moet zeggen, ik haat achter-de-schermen-items. Die schermen zijn er toch niet voor niets?

'Dus omdat je zelf niet raar kan zijn zoek je rare mensen?' vraagt de verslaggever aarzelend.

Ik frummel aan mijn pen en hoop dat ze dit deel eruit knippen.

'Ja?' Hij neemt er geen genoegen mee. Mijn antwoord hangt onzeker in de lucht. Ik besluit een risico te nemen.

'Het is eenvoudig,' leg ik uit. 'Je hoeft alleen maar je armen te spreiden en te zorgen dat je de wind eronder krijgt. Kijk zo.' Ik sta op en spreid mijn armen. 'Echt belangrijk is het vinden van de goede hoek ten opzichte van de luchtdruk.' Terwijl ik het zeg zie ik Marrit en mij met een vlieger over een stuk open plek in het bos rennen. Er was nauwelijks wind, maar omdat we zo hard renden ging de vlieger toch de lucht in. Marrit had het me uitgelegd en ik moest het uitvoeren. Dus rende ik met de vlieger, net zo lang tot hij weer neerzeeg. 'Goed zo Veer!' stond Marrit een eind verderop te roepen. En dan rende ik weer verder.

De camera draait nog steeds, maar niemand zegt iets. Ik klim op mijn stoel. 'Kijk zo.' Ik wiebel even omdat het een bureaustoel is. Ik beweeg mijn armen op een denkbeeldige wind. 'Kijk zo.' En ik strek mijn vingers om subtiel bij te sturen. Ik stijg op.

De cameraman gaat verzitten, de jongen van het geluid haast zich naar een andere hoek. De verslaggever wrijft over zijn neus en draait zich van me af, zijn oog valt op de stagiaire, die luidkeels door het interview heen zit te bellen en in zijn richting staart. Ze heeft een diep decolleté, voor de gelegenheid.

Ik laat mijn armen zakken en klim van de bureaustoel. Ik kijk nu ook naar de stagiaire. 'Je hoeft alleen maar het goede moment af te wachten.' Mijn hoofd wordt rood, ik voel het.

'Uh-uh,' doet de verslaggever, zijn ogen vastgekleefd aan twee welvingen zacht rond vlees.

'Zijn jullie klaar?' De stagiaire legt de hoorn neer en buigt zich naar ons toe.

'Uh-huh,' doet de verslaggever weer en kijkt naar de stagiaire. De cameraman zoomt direct in op het nieuwe onderwerp.

'O wacht,' zegt de verslaggever en kijk me schichtig aan. 'Hoe heette je ook alweer?'

'Dodo,' zeg ik.

In het bos had Marrit een lievelingsboom waar ik ook wel eens in mocht. De eerste tak was heel breed en redelijk laag bij de grond, daar kwam ik na wat ploeteren nog wel op. Maar de tak erna was een stuk dunner en net iets te hoog om me aan op te trekken. Soms stond ik op de onderste tak een hele tijd te doen alsof dat de beste plek van de wereld was. Ik kon erop zitten en mijn voeten laten bungelen. Marrit klom hoger 'om het uitzicht te bekijken'. Soms riep ze: 'O, wat mooi' en dan riep ik: 'Wat? Wat?' En dan lachte ze geheimzinnig.

Ik kijk naar de borsten van de stagiaire en denk aan de keer dat Marrit speciaal voor mij op de onderste tak bleef zitten.

Ze was net met Berend en ik wilde weten hoe dat werkte, zo'n vriendje. Ze had al gezoend, zei ze en dat was niet zo vies als het eruitzag. 'En hij wil de hele tijd aan mijn borsten zitten.'

Mijn zus leunde met haar rug tegen de brede stam en had haar triomfantelijke blik opgezet.

'Waarom wil hij dat dan?'

'Hoezo waarom?'

'Wat is er nou leuk aan borsten?'

Marrit zuchtte. 'Jongens vinden ze spannend, want zelf hebben ze er geen.'

Ik was niet overtuigd. 'Maar waarom de hele tijd?'

Dat wist mijn zus ook niet.

Ik kon me niet voorstellen dat er ooit een jongen aan mijn borsten zou willen zitten.

'Dat zal moeilijk worden,' stemde Marrit in, 'maar je leven heeft geen zin als je geen echte liefde vindt.'

'Is echte liefde dat hij aan je borsten zit?'

'Wie echt van je houdt,' zei Marrit en dit keer zag ik dat ze wél wist waar ze het over had, 'gaat nooit meer bij je weg.'

23

Voor ik eindelijk het kantoor verlaat bel ik mijn moeder om mijn excuses aan te bieden. Ik probeer haar eerst thuis te bereiken en dan op haar mobiel. Nergens gehoor. Dan bel ik het ziekenhuis. 'Je moet maar gauw langskomen,' zegt de zuster. 'Je moeder wilde niet weg, ze bleef maar zeggen dat je terug zou komen. We hebben Marrit vandaag op een andere kamer gelegd.'

Ik vermoed dat Simeon het niet zal waarderen als ik hem bel om te zeggen dat de zuster eindelijk 'je' tegen me zegt.

Eenmaal in mijn flat ligt Agaath redelijk rustig op mijn bed, blijkbaar heeft Simeon hem uitgelaten. Echie drentelt nerveus door de keuken. Vanonder de deur van de badkamer sijpelt bruin water. Zou Simeon daar geen last van hebben? Blijkbaar ruikt hij slecht. Ik vind dat verontrustend, een man die niet goed kan ruiken. Wat nou als we uitgaan en ik stink en hij merkt het niet. Bovendien heb ik ergens gelezen dat echte liefde via geur gaat. Feromonen, aantrekkingskracht. Zeep is goed, door zeep ruik je de mensen heen, door stank niet.

Ik maak met Agaath een lange wandeling naar de metro, het beest gaat braaf naast me zitten. Hij wil naar zijn baasje, hij denkt vast dat hij, als hij zich nu extra goed gedraagt, sneller bij Marrit zal zijn. Erg ongelukkig lijkt hij niet, maar niemand heeft hem dan ook op de hoogte gesteld.

'Ze is dood,' fluister ik in zijn grijze oor. Misschien dat het gemis bij hem later komt.

Ik klop het beest op zijn kop. Een opvallend lelijke vrouw met een puist op haar neus en op haar oorlel kijkt op van haar gratis krant en niest spetterend. Ik wil me verstoppen op een plek waar ik mezelf niet kan vinden.

Bij het ziekenhuis lijn ik Agaath aan en wandel naar binnen. De portier veert op om ons tegen te houden. 'Mijn zuster is dood,' zeg ik luid en duidelijk, terwijl ik mijn ogen groot maak en hem strak aankijk. Ik ben een filmster in een dramatische film. Andere bezoekers verstarren. Grappig dat iedereen schijnt te denken dat je van een ziekenhuis beter wordt.

De portier maakt aanstalten om achter zijn balie vandaan te komen en ik zet het op een lopen. Dat vindt Agaath een goed idee, hij keelt zichzelf haast, zo hard trekt hij aan de riem. Misschien moet ik hem nog eens vertellen dat Marrit dood is. Dat hij nergens naartoe gaat, naar een leeg lijf.

Naar achteren hangend in de riem glijd ik door de gangen. Ik bedenk me opeens dat ze Marrit hebben verplaatst. Dan zie ik de zuster. Haar gezicht staat strak als altijd. 'Dat mag niet hoor, een hond.' Ze gaat me toch niet tegenhouden, weet ik, niet sinds ze 'je' tegen me zegt.

'Het moet!' zeg ik en tot mijn verbazing knikt ze. 'Ik was toch net op weg naar je zus'

'Wat ben jij lang aan het werk,' zeg ik, terwijl ik met de riem de keel van Agaath dichtsnoer in een poging niet steeds voor de zuster uit te rennen. 'Ik heb tussendoor pauze gehad,' antwoordt ze nonchalant. Dit keer bevalt haar onverschilligheid me wel, ze had me ook het ziekenhuis uit kunnen sturen.

Dus ze heeft pauze gehad. Ik zie haar zitten in zo'n zusterkamer, peuk erbij, tijdschrift erbij, beetje roddelen over de laatst geziene lichaamsdelen en het leed in de wereld.

Misschien kijkt ze wel tv of doet ze een vluggertje met dokter Raf op een brancard in de hoek. Even ontspannen tussen het sterven door, logisch.

'Krijg je na elke dode vrije uren?' vraag ik. 'Lijkt me op zich logisch; profiteert er tenminste nog iemand van.' Ik stoot haar vriendschappelijk aan, maar ze reageert niet.

'Krijg je een bonus als er meerderen op een dag sterven? Of werkt dat het doden van patiënten in de hand? Daar hoor je nou niks over in die series. Maar,' ik stoot haar opnieuw aan, 'dát is natuurlijk de reden dat er af en toe moorden in ziekenhuizen worden gepleegd. Het zijn altijd de dikke zusters, die hebben het altijd gedaan. Daar bedoel ik niets persoonlijks mee hoor.' Ze reageert niet.

'En wat vind je van het woord "broeder"?' vraag ik zonder te haperen, 'alsof het echt je broer is. Zuster heeft nog iets zorgends, maar "broeder" niet, dus wat doen ze in het ziekenhuis. Ga naar een klooster, broeder. Waarom krijgen vrouwen eigenlijk mannelijke namen zoals rechter, regisseur, officier, en mannen andersom niet? Waarom worden mannen, met andere woorden, niet gewoon zuster genoemd? Of zusterman voor mijn part. Zusterman en zustervrouw. Dokterman en doktervrouw.'

Net als ik nieuwe varianten begin op te sommen stopt de zuster abrupt voor een deur. Door het trekken van Agaath schiet ik een stuk door de gang in. 'Wacht op mij,' roep ik, de zuster is al naar binnen gelopen. Ik volg haar een kamer in, zonder machines. Mijn moeder zit in een hoek, zo mogelijk nóg kleiner dan de dag ervoor. Als ik haar zie, schieten de tranen in mijn ogen, als ik haar nu in mijn armen neem, zou ze dat toelaten?

Zelfs als ze het toeliet, kon het nog niet op dit moment, want Agaath wil met alle geweld op het bed springen. Hij blaft zo hard mogelijk, waarschijnlijk om zijn baasje te wekken. Het is echt geen subtiel beest. Anderzijds kan hij haar blijkbaar ook als lijk herkennen. Mijn zus. Een lijk.

'Weg! Weg!' gilt mijn moeder.

'Agaath! Hier!' roep ik zo dominant mogelijk. Agaath laat zich niet domineren. Pas als ik met de riem zijn strot volledig heb dichtgetrokken gaat hij gierend zitten. Een poel speeksel ontstaat rond zijn voorpoten. Ik zou zweren dat ik tranen in zijn lubberige ooghoeken zie.

Ik trek hem naar de deur en kijk voor het eerst naar Marrit. 'Nu zijn er drie zusters in deze kamer,' merk ik op, maar de zusters luisteren niet.

Marrit is gekrompen. Vogelhoofdje, holle wangen, bolle ogen. Haar huid is porseleinig, maar dan zachter, dat andere spul, gekleurde kneedklei. Ik kijk en staar en kijk en al mijn vechtlust verlaat me.

Agaath hijgt nog steeds en probeert zijn lijf van onderaf uit de riem te trekken. Ook hij staart naar het dode bed. Er komt zacht gepiep uit hem. 'Hij moet nu echt weg,' zegt de zuster streng.

Ik kijk naar mijn moeder die naar haar gestorven lievelingsdochter kijkt en daarna heel even naar mij. Naar haar wisselkind dat op en neer staat te hippen.

'Wat lijk je toch op je vader,' zegt ze.

Ik weet niet of ze dat als een compliment bedoelt.

'Ik heb hier vandaan de krant gebeld om een rouwadvertentie te plaatsen,' vervolgt ze met iets van trots in haar stem, 'met alleen jouw naam eronder, ik wist niet of ik Herman of Simeon moest kiezen.'

'Dat is snel, lag hij al klaar of zo?'

'Nou zeg.'

'En nu moet je weg,' zegt de zuster en ik loop braaf naar buiten terwijl mijn moeder roept dat ze eraan komt.

24

Nu Marrit dood is, heeft ook Berend zich gemeld. Het is lang geleden dat ik hem heb gezien. Zijn treurige ogen wachten ons op bij de deur van mijn moeders huis, ik ben met haar meegereden. 'Ik ben zo snel gekomen als ik kon,' zegt hij. Hij geeft mij een kus op mijn wang, mijn moeder werpt zich wenend in zijn armen.

Uiteindelijk maakt hij zich los uit haar greep en helpt haar met het zoeken van haar sleutels. We schuifelen voetje voor voetje het huis binnen. Het ruikt er naar oude vrouw. Ik ga thee zetten terwijl mijn moeder met een dun stemmetje over de laatste paar dagen vertelt. 'Enorm veel geleden,' hoor ik haar zeggen, ik weet niet zeker over wie ze het heeft. Ik gooi in de keuken theeblaadjes zonder thee-ei in een koffiepot. Zou Berend het zich herinneren? Hij zit nu op dezelfde bank als waar ik op lag. Mijn moeder houdt nogal van bewaren.

Als ik binnenloop met de thee vertelt mijn moeder net dat ze twee volgauto's wil.

'Wie moet er in die tweede volgauto, mam?' Ik schenk in.

'Eén auto is geen auto.' Het klinkt beslist.

'Voor jou en Simeon,' bedenkt ze uiteindelijk, 'of voor Herman.' Lief, zoals ze de mogelijkheden steeds openlaat.

'Maar dan zit jij in je eentje in de eerste,' werp ik tegen. Mijn moeder knikt traag, het dringt niet door wat ik zeg.

Ik slaap die nacht op zolder, in de oude kamer van Marrit en mij. Ik heb me voorgenomen in het bed van Marrit te slapen, maar eenmaal alleen op zolder durf ik niet. Na een tijdje dralen kruip ik in mijn eigen te kleine kinderbed. De hele nacht hoor ik Marrit thuiskomen.

Berend is naar een hotel in de buurt gegaan. 'Je kan op de bank slapen,' heb ik een paar keer nadrukkelijk gezegd. Hij wilde niet.

Pappa vertelde ons een keer dat zigeuners die rijk waren geworden stopten met reizen. 'Ze bouwen een kasteel op een berg en trekken er met hun hele familie in. *Gypsy Castles* heten die kastelen, met enorm veel torentjes.'

Toen besloten Marrit en ik dat we later ook zo'n kasteel zouden bouwen. Speciaal voor pappa. Maar de rest van de familie mocht er ook wonen.

'Met een ophaalbrug,' zei Marrit.

'Waarom?'

'Dat is veiliger.'

's Ochtends haal ik croissantjes en zet thee en koffie. We eten met zijn tweeën aan de keukentafel. Ik heb nog nooit alleen met mijn moeder ontbeten. 'Wat gaat het snel, de tijd,' zeg ik. Mijn moeder snuft alleen maar. Ze huilt aan één stuk door, maar zachtjes. We blijven vrijwel de hele dag aan tafel zitten. Nog een nacht lig ik in mijn kleine kinderbed op Marrit te wachten en knijp overdag met koude handen in mijn theekopje. We spreken nauwelijks, mijn moeder en ik.

Bij de begrafenis verschijnt een klein groepje wenende vrouwen, met prachtige nagels en kapsels; de Purmerendse 'kennisjes' van Marrit. Ik weet niet wat ik tegen ze moet zeggen. Ik zit samen met mijn moeder in de eerste auto. In de tweede zitten Helga en Berend. Leuke vrouw, Helga.

Na afloop hangen de kennisjes aan mijn hand en zeggen dat het hen 'spijt'.

'Het is ook jullie schuld,' antwoord ik, waarop ze nerveus giechelen. Ik probeer ze goed in me op te nemen. Zouden zij iets van Marrits geheimen weten? Ik neem de vrouw die beweert Marrit hartsvriendin te zijn geweest apart. Ze kijkt wat angstig als ik haar een hoek in trek.

'Weet jij iets van Marrits geheimen?' vraag ik haar rechtstreeks en kijk om me heen of niemand ons hoort. De vrouw kijkt vanonder haar lange zwarte wimpers naar me op en knippert.

'Heb je wel geslapen, de laatste dagen?' zegt ze.

Misschien bedoelt ze iets anders, ik probeer een geraffineerde manier te verzinnen om daarachter te komen.

'Ik heb geen oog dichtgedaan,' zeg ik uiteindelijk. 'Bedoel je daar iets mee?'

'Nou...' ze knippert weer, zou dat een teken zijn? 'Als je een keer bij me langs wil komen, ik bedoel niet om te slapen ofzo, maar gewoon,' ze stokt en giechelt.

'Wat is er dan bij jou thuis?' vraag ik en probeer ook te giechelen. Ze schrikt er van. Aha. Ik zie opeens voor me hoe Marrit met een doosje door het huis van die vriendin sluipt en al haar geheimen voor me verstopt. Misschien weet die vrouw het zelf niet eens. Ze heeft in ieder geval schuldig haar wimpers neergeslagen, ik zie drie kleuren al enigszins vervaagde oogschaduw.

'Kom,' zegt de vrouw, 'laten we teruggaan naar de anderen.'

'Waarom?' vraag ik scherp, maar ze loopt al weg, zo kom ik geen steek verder.

Ik ga met mijn moeder mee naar haar huis, maar neem vrij snel daarna afscheid. 'Gaat het echt wel goed zo alleen?' heb ik haar een paar keer gevraagd, maar ze wilde juist alleen zijn.

Agaath laat ik bij haar achter. Het beest kwijlt alleen nog maar. 'Heb ik toch een beetje mijn dochter bij me,' snuft mijn moeder.

'Weet jij wat Marrit in dat bos had verstopt?' vraag ik snel, vlak voordat ze de deur dicht doet. Haar ogen zijn dik van het huilen, maar ik zie toch een venijnig vonkje. 'Dat had je aan je zus moeten vragen.'

25

'Ga weg,' zeg ik tegen Simeon als ik thuiskom. Hij gaat.

Ik begin op en neer te lopen. Ik zou willen douchen, maar kan het niet opbrengen de badkamerdeur open te doen.

In de woonkamer kijk ik naar het raam, maar niet naar de overkant.

Ik ga voor de computer zitten en tik Marrits naam in een zoekmachine. Geen hits. Ik zet vier streepjes.

Ik pak mijn mobiel en toets haar nummer. 'Dit is de voice-mail van Marrit en Agaath (waf waf) we zijn er niet want we hebben het druk, doei!'

Straks komt Marrit thuis van haar werk en luistert haar apparaat af. Een hijger, zal ze denken, weer een aanbidder, zal ze denken. Ik bel nog een keer. Mijn zus vindt hijgers misschien wel leuk. 'Ik heb bewonderaars,' zal ze zeggen.

In de keuken trek ik de eerste fles wijn open. Nog twee dagen, zelfs nu ze dood is kan ik niet ophouden met tellen. Er gaat iets gebeuren op mijn verjaardag. Dat voel, dat weet ik. Iets dat alles weer goed zal maken.

Dit hele gedoe was een flauwe grap, een wrede truc van Herman en Marrit samen om mij te leren hoe ik zelfstandig moet leven.

Tegen de tijd dat het avond is, ligt ik kotsend boven de wc. De stank doet me niets meer. Vaag merk ik dat Simeon me naar bed sleept.

Mijn moeder belt de volgende dag of ik wil helpen Marrits huis leeg te ruimen en ik zeg ja, maar ik ga niet, te dronken. Ik stel me voor dat ik het wel doe en door Marrits huis dwaal. Ik vind overal geheimen. Papiertjes waarop in vette letters staat 'verboden voor Vera's' zoals vroeger. Of erger: ik kom bij Marrit thuis en er is niets.

Laatst las ik een artikel over hoe er tot einde jaren vijftig nog soldaten in schuilkelders en andere verstopplekken werden gevonden. Die wilden er niet uit, ervan overtuigd dat de oorlog nog niet voorbij was. Als het waar is dat Marrit geen geheimen meer heeft, dan ben ik die soldaat.

Ik stuur Simeon weg, neem vijf aspirientjes uit de anti-katervoorraad van Herman en trek mijn bouwvakkershand-schoenen aan.

Ik begin in de keuken bij de diepe kast. Ik sleep zoveel mogelijk tegelijk naar beneden. Stapels hout, dozen met va-kantiespullen. Schoenen, oude jassen. Ik werk koortsachtig. Af en toe moet ik blijven staan om uit te hijgen.

Als er een flinke berg bij mijn deur staat, ren ik de trap-pen op en af om alles op straat te zetten. Dan schep ik een nieuwe arm spullen uit mijn kast en daal weer neer. Ik zweet riviertjes.

Een Turk met een zwarte muts staat door mijn rotzooi te roeren. Ik zeg dat hij even moet wachten en kom ook met mijn stoel, mijn dekbed en mijn muziektorentje aanren-nen. 'Rustig rustig,' zegt de man geschrokken en maakt zich uit de voeten met mijn spullen.

Ik ga weer naar boven. Alleen mijn computer staat er nog. Ik check mijn mail. Twee spamberichten. In het Duits dit keer.

Sorry Herr Schliermann, schrijf ik. Zwei Jahre Garantie sind nicht genug. Hoogachtend, Vera Meyer.

Ik sta op en veeg met de muis van mijn hand wat strepen tot vlek, maar het zijn er te veel. Het potlood gooi ik weg, dat is toch bijna op.

Fanatiek dwaal ik door mijn huis op een zelfverzonnen ritme. Stoffer- en blikhanden, rommelvoeten, ogen op stoffige steeltjes. Ik geef Echie een schop, omdat hij alsmaar om mijn voeten draait. 'Sorry Echie.' Ik weet niet meer wat ik meen: de schop of de verontschuldiging.

'Ik ben goed in mijn rol,' zeg ik hardop tegen een denkbeeldige Marrit.

Onder in de gangkast, verscholen onder een bak verstoft kleingeld, vind ik nog wat oude schetsen. Van die ene keer dat ik een tekencursus deed in het plaatselijke buurthuis. Simeon was opgetogen toen ik hem er laatst over vertelde. Misschien zit er ook wat Rita in jou, zei hij en noemde me de rest van de avond 'Rietje'. Ik heb er even over gedacht de tekeningen aan Simeon te laten zien. Beroerde schetsen van Herman, waar ik toen, naar ik me herinner, behoorlijk trots op was. Maar het was te raar, te intiem. Ik zie Herman weer nurks op zijn kruk, dezelfde waarop ik voor het raam naar mijn badderende man keek. De kruk die nu bij de Turk tussen de tapijtjes en de wierook staat, denk ik clichématig. Ik zie Herman en grinnik.

'Kom schat, een beetje rechtop zitten, anders moet ik je buikje ook tekenen.'

'Ik zit hier al twee uur in mijn nakie op die klotekruk!'

'Ssst, anders krijg je geen beloning.'

'Je bent hárd, Veer.'

Ik verfrummel de schetsen en steek ze met de keukenaansteker in de fik. De brandende prop werp ik mijn badkamer in, ik verwacht bijna een knal, maar krijg slechts wat gesis te horen. Dan loer ik naar binnen, en zie de prop half opengevouwen in het water drijven. Alleen Hermans onderlijf is nog zichtbaar, hij had het koud die dag.

Echie voert zijn zenuwachtige gedrentel op, wat hem een nieuwe schop oplevert. 'Sorry Echie,' zeg ik weer. Ik pak een glas maar voor ik er water in kan doen ligt het in stukken op de betonnen vloer. Het volgende glas treft eenzelfde lot. Ik piep erbij, hoog en hysterisch, als een gewonde cavia. Echie stuift met glibberende voetjes de keuken uit. Er zit een splinter in mijn teen en het minuscule lijntje bloed maakt me razend. 'Kalmeer!' sis ik tegen mezelf. 'Hou je hoofd koel!' En ten slotte: 'Koppen op!' Ik dwing me op een keukenstoel mijn voet te inspecteren, ik bekijk mijn bloed en kan niet verzinnen wat ik eraan zou moeten doen. Bovendien: ik voel toch niets. Mijn voet is zo koud dat hij geen pijn doet. Mijn hoofd is bij mijn spullen beneden op straat. Ik zie ze voorthobbelen in de rugzak van de Turk. In een karretje, hij heeft vast het boodschappenkarretje van zijn vrouw gehaald en straks herrijst mijn huis in het zijne. Ik denk aan mijn boeken in de hennahanden van vrouwen met veel zwart om hun ogen en glimmende gouden oorbellen. Of zijn dat zigeuners?

Hoe doet de wereld dat toch, overleven? Mensen blijven dag in dag uit in beweging en maken keuzes uit de enorme hoeveelheid zinloze bezigheden. Ze kiezen zelden écht, doen zelden iets wat invloed heeft op hun groei, hun geluk of hun ontwikkeling. Ze kiezen voor werk of plezier, voor afleiding. En toch weten ze hoe het moet, leven. Had pappa ongelijk?

Tussen mijn gebalde vingers zit een pluk haar, die heb ik eruit getrokken. Ik loop naar het beddengoed dat vergeten op de kale grond ligt. Ik hurk neer en laat de haren vallen. De aansteker zit nog in mijn zak, die hou ik erbij. Mijn haren verschrompelden en een scherpe stank stijgt uit ze op. Nu ruikt het hier pas echt vies. Ik spuug op het walmende bergje, leg dan mijn hoofd ernaast en kijk naar de ribbelige betonnen vloer en alle putjes vol vuil. Hoe kan ik daar tegenop?

Als ik uitadem zie ik alle stofvlekken rijzen en dalen. Miljoenen stukjes van mij en Herman, van Simeon, van Marrit zelfs, allemaal ingesleten in de poriën van dit huis. Al dat leven verbonden met dit betonnen hok boven in een flatgebouw.

Ik duw mijn neus in de vloer, in het vuil, maar ik huil niet. Ik huil niet omdat ook mijn poriën vol troep zitten. Alles is van dichtbij in de vorm van huidschilfers terug te vinden en ik zou het kunnen zien. Ik zou alle geheimen te weten komen als ik zou inzoomen op het vuil. Als ik steeds verder zou inzoomen.

In de badkamer kotst mijn toilet bruin water terug. Ik wil niet in de spiegel kijken, maar kan niet voorkomen dat ik mijn verwilderde blik zie.

Ik trek de wc door maar dat vergroot de overstroming alleen maar. Ik ren terug de woonkamer in. Mijn tas, mijn jas, mijn sleutels. Ik word even wee als ik Echie op de keukentafel verstard naar me zie kijken, ik zal de buitendeur voor hem openlaten.

Schoenen! Mijn bloedende teen gaat in een laars die achter de kattenkooi ligt. Een stoere cowboylaars van Herman, vele malen te groot. Waar is verdomme de andere?

Dat ik nog steeds het strakke, inmiddels nogal vlekkerige stippeljurkje draag deert me niet. Aan mijn andere voet doe ik een slof, omdat ik zo gauw niets anders kan vinden. Ik stap stijf naar beneden, mijn hart raast. Ik wil niet verdrinken in het overvloeiende rioolwater, dus is vluchten geen slechte optie. Ik ga gewoon in ons oude huisje in het vakantiebos wachten tot mijn familie thuiskomt. Als ik lang genoeg wacht, komen ze vanzelf. Ik hip iets sneller de trappen af.

Onderaan staat Simeon op me te wachten. 'Jij gaat helemaal nergens naartoe.' Hij kijkt er nogal grimmig bij. Ik laat me in zijn armen vallen.

26

De volgende middag komt Simeon mijn flat binnen met een feesthoedje op zijn kop. Ik zit al vanaf de vroege morgen in mijn stippeljurk op de betonnen vloer. Af en toe kijk ik in mijn agenda. 'MARRIT,' staat er in hoofdletters.

Simeon zingt 'lang zal ze leven' en tovert een fles dure champagne tevoorschijn.

Ik proost met hem.

'Ik heb een verrassing voor je,' glundert hij. Die verrassing blijkt mijn moeder te zijn; nog vóór ik kan protesteren komt ze al binnenlopen. Ik durf haar nauwelijks aan te kijken omdat ik niet ben komen helpen met het leegruimen van Marrits huis. Zij mij ook niet, zie ik vanonder mijn wimpers. 'Lang zal ze leven, lang zal ze leven,' zingen we. Daar moet ik opeens keihard om lachen.

'Hou op, Veer,' gebiedt Simeon.

Na de champagne volgen twee flessen wijn en ten slotte zijn we alledrie zo zat dat we niet meer kunnen staan. Simeon haalt mijn dronken moeder over om te blijven slapen. Het verbaast me dat ze ermee instemt.

'Mijn schema is voor altijd in de war gegooid,' zegt ze. Ik schenk mijn moeder nog wat wijn in. Simeon gaat naar zijn huis om een opblaasbed te halen, maar daar wil ze niet op slapen 'Dan lig ik helemaal alleen.' Dus zetten we uiteindelijk met veel gedoe mijn bed omhoog tegen de wand en leggen matras en luchtbed naast elkaar. Simeon gaat op het luchtbed liggen, ik mag in het midden. We kruipen onder zijn blauwe-bootjesdekbed.

'Weet je nog,' begint mijn moeder op dronken verteltoon. Ik onderdruk de neiging mijn handen voor mijn oren te slaan. 'Weet je nog dat Marrit jou had opgesloten onder het vakantiehuisje?' Mijn moeder giechelt alsof ze een mop gaat vertellen en de grap haar nog voor het uitspreken al te pakken neemt. 'Het duurde ook zo lang voor ik het doorhad. Ik bedoel, ik hoorde je wel huilen, maar je huilde zo vaak. Bleek er een luik in de vloer te zitten. Had je zus er die tafelpoot op gezet.'

'Een tafelpoot?' zeg ik met mijn afstandelijk geïnteresseerde telefoonstem, alsof ze een bejaarde is die zich aanmeldt bij de Witte Raaf en ik haar even niet meer kan volgen.

'Ze zei dat je er zelf om had gevraagd,' sust mijn moeder. Ik draai mijn gezicht naar haar toe. Ze staart omhoog naar het plafond. 'Je lag in een bolletje met je olifant tegen je buik gedrukt. Je reageerde niet. Ik moest je een tik geven voor je weer normaal deed. "Is het al tijd?" vroeg je uiteindelijk. Je was helemaal in je eigen wereld. Je vader zei altijd al dat je een wisselkind was.'

Ik richt me een beetje op als haar stem wegsterft. Ik zie aan haar blik hoe bang ze voor me was. Ik haal net adem om wat te gaan zeggen als ze mijn arm vastpakt. 'De dag erna huilde je wel.'

'Waarom?'

'Die rotkinderen hadden je olifant afgepakt.'

'Daar weet ik niets meer van hoor.' Ik ga overeind zitten.

De rode wangen van mijn moeder zijn zelfs in schemerlicht zichtbaar. Simeon draait zich naar me toe en legt een hand op mijn zij, maar ik laat me niet omlaagduwen. Mijn moeder heeft niets in de gaten: 'Weet je nog, Marrits lievelingsjurk? Die witte communiejurk met kantjes, had ze op een kledingbeurs van de kerk gezien. Ze spaarde er weken-lang haar zakgeld voor op. "Wij doen niet aan communie," vertelde ik haar steeds, "we kopen hier omdat het goedkoop is." Ze geloofde er niets van. "Ja, ja," zei ze steeds veelbete-kenend alsof ze een geheim van me kende. Ze zag eruit als een engel in dat ding.'

We zwijgen weer en ik probeer iets leuks te verzinnen, net als op mijn werk voel ik de behoefte om de ene anekdote met een andere te vergelden.

'Wist je dat Marrit onder haar matras snoep verstopte?'

Mijn moeder schudt haar hoofd.

'Ze bewaarde alles wat ze kreeg en kocht er soms stie-kem wat bij. Als ik 's nachts niet kon slapen kroop ik bij Mar in bed en dan gaf ze me snoep.'

Ik kijk naar mijn moeder terwijl ik lieg. Behalve op de Bovenste-Beddagen heb ik nooit een teen in Marrits bed ge-stoken. Maar omdat ik het zeg, wordt het vanzelf waar.

'Ik begreep jou nooit. Je liep alleen maar achter je zus aan. Alsof je niet op jezelf kon bestaan. Je was zo onzelf-standig.' Mijn moeder klinkt alsof ze huilt, maar ik zie geen tranen. 'Marrit begreep ik tenminste. Marrit heb ik altijd be-grepen,' snuft ze.

Ik laat me achterovervallen en duw mijn handen tegen mijn oren net vóór het snuffen in echt huilen overgaat. Ik voel hoe Simeon over mij heen haar arm onhandig aait. Ik ben het meisje in het midden en staar met wijdopen ogen in de nacht.

Pas de volgende morgen, als mijn moeder grauw naar huis is gevlucht en Simeon naar zijn werk, vind ik een bankafschrift in de postbox beneden in de hal. Ik sta eerst een tijdje naar de datum te kijken. Die is van gisteren, de dag dat er geen wonder gebeurde. Nou is het een dag te laat. Hoe haal ik die tijd ooit weer in?

Door het smerige raam naast de flatdeur zie ik mensen-schimmen voorbijsnellen. In mislukte spiegelletters heeft iemand in het stof van het raam 'fuck' geschreven, dat zie ik ook, terwijl ik het afschrift betast. Ik ben traag van de drank en hoop dat ik zo blijf. Geen hersenen alsjeblieft.

Mijn wijsvinger kruipt over de envelop, wurmt zich in de hoek en scheurt het papier uit elkaar. Mijn andere hand trekt het afschrift eruit. Ik herken het rekeningnummer; de gezamenlijke rekening van Herman en mij.

Herman heeft zijn creditcard gebruikt.

'Nu ligt de wereld voor ons open,' zei Herman toen we die creditcard aanvroegen. Een gouden kaart was het, een jaar nadat we waren gaan samenwonen.

27

Met de envelop tegen me aangedrukt haast ik me de trappen op. Ik laat me op het opblaasbed van Simeon zakken. Echie komt aanrennen. 'Kijk, cadeautjes,' babbel ik tegen het sukkelige beest dat onzinnig hard met zijn kop tegen me aanbeukt. Ik staar gespannen naar de ene regel tekst met dat dikke cijfer op het einde. 'Laufen,' staat er, met een cijfercode eronder.

Eerst vermoed ik een duur Duits hotel met een rare naam. Soms moet Herman zijn hotel zelf betalen, krijgt hij de onkosten later via zijn baas terug.

Opeens begrijp ik het. Het is een teken. Hij wil me herinneren aan onze badtijd. Aan het schuim dat ik speciaal meenam voor het hotelbad. Aan het badeendje. Aan whisky, cognac en gin door elkaar heen.

Hij komt nu bijna thuis, natuurlijk, zodat we de ellende waarin ik terecht ben gekomen kunnen opruimen en verder kunnen gaan met ons leven. Als Herman thuiskomt, heb ik mijn geliefde terug. Hij zal me helpen. Hij heeft alleen het goede moment afgewacht. Het is misschien laf, maar Herman houdt nu eenmaal niet van ziekenhuizen.

Ik loop naar mijn tas en vis mijn eigen creditcard uit mijn portemonnee. Ik gebruik hem nooit, maar ik heb hem altijd bij me: mw. Meyer en dhr. De Boer, staat erop. Ik ruik aan het plastic. Ik lees de cijfers. Van nu af aan zal ik onze gouden kaart gaan gebruiken, om een teken terug te geven.

Ik ruik ook aan het afschrift, vouw het zorgvuldig dubbel en stop het naast de creditcard in mijn portemonnee.

Ik google *Laufen* en kan een kreetje niet onderdrukken. Het is nog beter dan ik dacht: *Laufen* is een badmeubelmerk. De code komt overeen met een tweepersoons designbad. Ik staar naar het ding en besef: hij heeft een bad voor mij gekocht. Omdat Herman mij, nog steeds, het beste van iedereen begrijpt en een ideaal verjaarscadeau voor me heeft uitgezocht. Straks komt er een truck voorrijden met het bad erin. Hij is blijkbaar vergeten hoe klein we wonen.

Ik draai te wild rondjes met Echie tot hij zijn nagels in mijn schouders zet. Ik werp het beest van me af en blijf op en neer springen tot ik buiten adem ben en ga zitten. Ik wrijf over mijn schouder en neem het afschrift weer in mijn handen. 'Lang zal ze leven,' neurie ik.

Gesterkt door de gedachte dat ik mijn leven weer enigszins onder controle begin te krijgen, zeg ik 'Sorry Echie' tegen het beest dat met zijn kont naar me toegekeerd op mijn kussen zit en schichtig wegduikt. Zó snel vergeten katten nou ook weer niet. Ik aai hem tot hij verzacht.

'Een bad!' brul ik in het kattenoortje.

'Er is iets niet helemaal goed gegaan met de bestelling,' zeg ik met mijn telefoonstem tegen de mevrouw van de badenwinkel. 'Wat is het adres dat ik u heb opgegeven? En wanneer wordt de bestelling geleverd?'

Ik moet opletten niet te snel en te enthousiast te praten, want wat een grap: mij eerst maandenlang in onwetendheid laten en dan met zo'n cadeau in mijn leven terugkeren. Zoiets kan alleen Herman doen. Kon ik Marrit maar bellen om het haar te vertellen. 'Ik hou wel van goeie grappen.' Ik hoor het haar zeggen.

'Als dit geen goeie is,' zeg ik.

'Pardon?' zegt de mevrouw.

'Krak,' lach ik, 'de lijn kraakt.'

De vrouw is even stil en zegt dan: 'Het bad wordt morgen afgeleverd, is dat een probleem?'

'Dat is twee dagen te laat,' antwoord ik, 'hoe kan dat?'

De vrouw zegt dat ze alleen maar weet wat op haar scherm staat.

'Het is voor mijn vriend,' zeg ik. 'Hij was gisteren jarig en toen kwam het niet en opeens was ik bang dat jullie mijn adres niet goed hadden opgeschreven.' Ik voel zenuwen in mijn buik opborrelen. Nu, nu, nu.

'Ommegang 21?' onderbreekt ze me.

'Ommegang?' herhaal ik met een licht duizelig gevoel. 'Eenentwintig?'

'Ja,' zegt de vrouw, 'eenentwintig.'

'Kan ik u verder nog ergens mee van dienst zijn?' vraagt ze als ik niet meer reageer.

'Hebben jullie aan de bubbelbadfunctie gedacht?' Het verbaast me dat ze me verstaat.

'Uiteraard,' bevestigt ze, 'dat zie ik hier in vette letters staan. Het extra grote model. U verwent hem wel, hoor.'

Het duurt even voor ik de zaken weer op een rijtje heb. Een ander adres, maar wel een bad. Ik schrijf het adres op en staar er een tijdje naar. Langzaam begint de betekenis ervan tot me door te dringen. Herman heeft niet alleen een bad voor me gekocht, maar ook een huis eromheen! Hij wil dat ik me bij hem voeg. Het heeft even geduurd, maar nu is het er: het bewijs van zijn liefde. Voor mij. Nu gaan we vast ook trouwen. Dat is meer dan Marrit ooit heeft bereikt. De tekens worden steeds helderder. Terwijl zij een dokter met Jaguar verzon, kocht mijn man een huis voor mij.

28

Het is niet ver naar het vakantiebos. Op de kaart bij de tramhalte zie ik dat ik een heel eind kan komen met één tramrit.

Een conducteur met een pokdalig gezicht accepteert met een knikje mijn geld, ik loop door naar de stoeltjes achterin, die onder de graffiti zitten. Naast mijn rechterbeen zie ik een octopus, zie je wel? Ik duw mijn teen tegen een tentakel. Als de conducteur omroept dat ik er ben, stap ik snel naar buiten en rust even uit op de rand van het perron. Het wordt donkerder om me heen, waarschijnlijk gaat het straks regenen. Ik vis mijn mobiel uit mijn zak.

'Dit is de voicemail van Marrit en Agaath (waf waf) we zijn er niet want –'

De verbinding wordt verbroken, mijn mobiel wordt zwart; de batterij is leeg. Er komt een onbekende man aanlopen. 'Kom mevrouw, u kunt hier niet zo zitten.' Ik word overeind getrokken.

'Dat is nou precies wat ik zelf dacht, meneer.'

Hij plant me op een bankje en kijkt me zorgzaam en wat geïrriteerd aan. Ik glimlach beleefd en hij gaat een eindje verderop staan tot de tram komt. Dan is hij weer verdwenen.

Op de grond naast de bank ligt een stift. Een watervaste stift die het nog doet. Ik teken er een olifant mee; twee grote oren en vier strepen als poten, een slurf is niet nodig. Het resultaat bevalt me. Ik stop de stift in mijn zak en sta op. Naast de tramhalte staat een eenzame telefooncel waar munten in kunnen. Zal ik Marrit nog een keer bellen en haar vertellen wat ik ga doen? Ik heb nog twee keer vijftig cent in mijn zak. Maar ik doe het niet. Later misschien. Ik teken een olifant op de ruit naast de telefoon.

Ik steek de straat over, zie het bos al liggen. Het valt me op hoe eenvoudig mijn leven eigenlijk is. Eerst moet het geheim van Marrit opgelost worden en dan kan ik me bij Herman voegen. Misschien bedoelde Marrit dat wel: als je eenmaal kiest, gaat de rest vanzelf.

Onder het lopen hou ik mijn omgeving goed in de gaten. Ik zie de tekens nu overal. Niet alleen de bekende graffiti, ook beestjes, vreemde symbolen, soms alleen een stip.

De weg wordt stiller en groener. Vlak voor ik een verlaten fietspad oploop, teken ik een olifant op de stam van een boom. Je ziet het nauwelijks, maar ik weet dat hij er zit.

Ik ben nu helemaal alleen maar dat deert me niet. Zolang ik om de zoveel palen een merkteken zet, kan ik altijd de weg terugvinden. En beter nog: iemand die mij begrijpt zal mij terug kunnen vinden. Dat vind ik een opwindende gedachte.

Het begint zonder inleiding te regenen en het bos verduistert. Ik teken op de tast nog een olifant voor ik het pad afstap, hier moet de weg naar uitkijktoren zo ongeveer liggen. Ik haast me tussen de bomen door en duw zoveel mogelijk takken opzij die als een douche in mijn gezicht slaan.

Daar is hij. De krakkemikkige uitkijktoren, met verschillende lagen en onderop een platform. Het gaat snel, dat is ook een goed teken.

De trap omhoog is oud en glibberig, ik zak er bijna doorheen. Beheers je, maan ik mezelf en probeer een olifant op een van de steunpilaren te tekenen, maar de houtrot staat het niet toe.

Achter op het platform weet ik de tweede trap. Die ben ik nog nooit opgegaan. Ik durfde niet.

Nu is het gewoon een ladder in een donker bos, houd ik mezelf voor. Dat is nog steeds behoorlijk eng, maar ik heb ook behoefte om aan de regen te ontkomen.

Eerst teken ik een olifant op de grond en tuur vervolgens omhoog. Gewoon mijn been optrekken en daarna mijn andere been. Boven mijn hoofd kraakt de toren van de lijken. Ik trek me omhoog. 'Je kunt het, Dodo.' Steeds weer een been op een nieuwe sport. Omhoog tot ik mijn kop stoot tegen een luik. Ik voel naar een haak, een scharnier, ik weet zeker dat het er moet zijn. Het kloppen in mijn borst wordt erger. 'Nog even,' zeg ik hardop. Het luik gaat open, ik stuur eerst mijn hand tastend naar binnen. Die glijdt langs iets zachts en groezeligs, ik trek snel terug, er valt troep in mijn gezicht, ik proest. Deze geur ken ik. Het is de geur van mijn huis, van riool en rotting. Mijn benen trillen nu, maar het is nog harder gaan regenen, en ik moet verder. Na nog een keer diep ademhalen zet ik mijn voeten nog één sport hoger en dan ben ik binnen. De regen ratelt boven me, het lekkende dak tikt. Ik zit vlak naast het luik, maar toch is het vreselijk donker. Verder moet ik, als ik niet in beweging blijf durf ik niet meer. Geschuifel heel dichtbij onderstreept dat. Ik kom overeind. Sneller, verder. Hoger moet ik, hoger. Iets raakt me aan, ik mag niet gillen. Er moet nog een trap zijn.

Zwaar ademend stommel ik door de aardedonkere ruimte en alle rottende lijken bewegen met me mee. Ik voel ze aan me zitten, soms duwen ze tegen mijn benen op, ik struikel bijna. Alles wat ik aanraak is zacht of plakkerig. Daar is de nieuwe trap, omhoog, tree voor tree opwaarts. 'Help me, Marrit,' fluister ik. We gaan hoger. De laatste treden op. Daar is het laatste luik, daar is mijn arm. Een haak, een scharnier. Ik ben buiten. Harde regen slaat opnieuw in mijn gezicht en mijn geest kruipt als een stout kind terug in

mijn lichaam. Ik sta boven op de toren. Hier zou het uitzicht moeten zijn, hier is deze toren voor gemaakt. Hier
moet ik een teken van Marrit vinden. Ik grijp me vast aan de
hekken rondom, hoewel die niet al te stevig aanvoelen, ik
kan niets zien. Misschien moet ik nog hoger op de rand van
het hek klimmen, het is een kwestie van balans. Gewoon
mijn armen spreiden en zorgen dat de wind eronder komt.
Ik heb het laatst nog voorgedaan. Nu moet ik voor Echie,
want als Marrit in nood zit, komt superzusje Vera haar te
hulp. Ik spreid mijn armen, zoek de goede hoek ten opzichte van de luchtdruk, in de duisternis blijkt dat zelfs makke-
lijker dan in het licht. Mijn armen worden langer en sterker,
mijn lijf richt zich op, mijn armen verheffen zich. Mijn haren vliegen al. Mijn armen naar achteren, mijn vingers ge-
spreid, lichte spanning in mijn schouders. Nu nog op mijn
tenen staan, een keer doorveren en – nee. Ik laat me achterover in de plas water vallen. Een golf drab spettert over me
heen. De regen timmert op mijn hoofd. Vera is gevallen, de
Dodo, ze is haar vleugels vergeten.

29

Met Marrit en pappa ging ik wel eens naar een café, ik denk dat ik tien was. Om beurten mochten we het schuim van zijn bier drinken. Eerst aten we popcorn en keken we een film en daarna dronken we schuim. Ik vond het stoer om op zo'n barkruk te zitten, ook al kreeg ik slapende benen van het bungelen. Voor mijn gevoel kwamen we heel vaak bij de film en het café, maar Marrit beweerde achteraf dat we er hoogstens vier keer zijn geweest. Volgens haar was er weinig aan; voor het enige vertier zorgde ik door de tweede keer met mijn dronken bolletje van de kruk te donderen. 'Toen zei jij Oeiw,' probeerde ik me te herinneren, maar dat had ze nooit gezegd, verklaarde ze.

Toch weet ik zeker dat pappa ons na *Junglebook* vertelde dat hij een kameleon was. Marrit en ik hadden gevochten wie van ons aan zijn rechterkant mocht zitten, want de rechterhand van pappa knuffelde het meest, in zijn linker zat meestal een biertje.

'Jullie mogen het niet verder vertellen, maar ik ben een kameleon,' zei hij plechtig. 'Een geboren diplomaat. Ik voeg me naar de situatie. Ik geef mensen het gevoel dat ze willen hebben, zo maak ik me geliefd. Daarom ben ik ook verkoper, daarom kan ik dat zo goed. Iedereen gelooft dat wat ik te verkopen heb geweldig moet zijn. Terwijl ik eigenlijk een rol speel.'

Hij nam nog een slok. 'Jij,' zei hij tegen Marrit, die tegen hem aan hing, 'bent mijn Nijltje.'

'Oeiw,' deed Marrit.

'Als er iemand tussen jou en het water komt, dreun je er gewoon overheen. Van buiten zie je er misschien teer uit – en je bent natuurlijk veel en veel mooier – maar je kunt niet tegen provocaties. Ik denk dat je ergens de baas moet worden, of anders directiesecretaresse, iedereen weet dat die achter de schermen de touwtjes in handen hebben. Maar je moet oppassen dat je niet iedereen wegtrapt met je scherpe hoeven en eenzaam overblijft.' Hij aaide Marrits krullen.

'En ik?' Ik ging verwachtingsvol rechter zitten en probeerde het wapperen van mijn benen te beteugelen.

'Jij bent mijn kleine Dodo, omdat je zo schattig met je armpjes spartelde toen je geboren werd. Net vlerkjes. Jij moet zorgen dat er iemand is die voor je zorgt. Want je mist lef, maar lief ben je wel.' Marrit het Nijlpaard keek alsof ze iets smerigs proefde. 'Misschien dat je later wat meer...' Op dat moment werd hij op zijn schouder getimmerd door een man in pak die enthousiast 'Wat doe jíj hier!' brulde en Marrit opzij zwiepte.

'Da's lang geleden!' riep pappa, en verhuisde zonder aarzelen naar een tafeltje bij de wc, ons liet hij aan de bar achter.

'Wat word ik later?' riep ik.

'Kinderachtig,' zei Marrit, 'Dan loop je vast nog steeds met die stomme olifant rond.'

Ik zette mijn olifant koppig op de bar en ze wendde haar hoofd af, alsof ze niet met mij gezien wilde worden. 'Je bent al bijna elf.'

Volgens Marrit waren kinderen boven de acht die nog steeds met hun knuffel rondliepen de allergrootste aanstelsters ter wereld. 'Dodo en Dumbo,' kon ze keihard gillen en ik krijste 'Nijltje Nijltje Nijltje' terug. Van mijn moeder mocht het niet, natuurlijk. 'Het is hier geen dierentuin.'

'Wat bedoelt hij nou?' zei ik nog eens.

'Je weet toch wel dat hij meer van mij houdt?' zei Marrit en bestelde nog twee bier en twee jenever, die ze naar pappa en zijn vriend bracht.

'Meer dan wat?' mompelde ik.

Later die nacht word ik wakker omdat Marrit over me heen buigt en me iets wil vertellen, maar het lukt niet omdat ze stukken lip verliest.

Als een vage schemer de ergste duisternis verdrijft, kom ik bij bewustzijn, omringd door een zurige lucht. Ik ben op de een of andere manier weer op de tussenverdieping beland en enigszins opgedroogd. Mijn tastende vingers voelen stof, plakkerigheid en hout, het is hier schemerig. Ik hoor de ademhaling van een ander levend wezen vlakbij, maar er is niemand. Blijkbaar zijn niet alle lijken met de nacht verdwenen.

Ik ruik aan een fles met iets wat op water lijkt, en kokhals. Het is in ieder geval geen water. Ik veeg wat vuil van een raampje. Buiten blijkt de dag al enige tijd bezig en nog even somber.

Ik begin aan de afdaling en markeer de weg omlaag met verse olifanten, gelukkig heb ik mijn stift nog. Aan de voet van de toren vind ik een kraan die het doet.

Het blijft maar regenen, dus kruip ik uiteindelijk terug naar de zolder waar ik met mijn ogen stijf dicht rust houd op iets wat zacht aanvoelt. Zolang ik niet kijk, bestaan de engerds ook niet.

Pas tegen het einde van de dag kan ik het opbrengen met het laatste restje licht rond te kijken in de ruimte gevuld met de onvoorstelbare chaos die ik al gevoeld en geroken heb. Overal liggen halfopen plastic zakken, er staan kratten en donkere hopen waarvan ik niet kan zien wat ze zijn, maar ook niet wil weten wat ze zijn. Flesjes met restjes verschaald bier staan verdekt opgesteld en ik stoot er meerdere om terwijl ik rondstruin. Ik vind niets wat op een geheim lijkt, wel een deurtje naar buiten toe, de diepte in. Er staat een cirkel lege bierflesjes omheen en opeens herinner ik me dat pappa daar vaak zat.

Hij was een keer een hele middag zoek en onze moeder had ons opgedragen hem te vinden. Samen dwaalden we door het bos, ik met Olifant stevig tegen me aangedrukt. Pas toen het begon te schemeren hoorden we hem zingen en zo kwamen we bij de toren.

'Koppen op,' zong hij met dikke tong. Het duurde lang voordat we hem naar beneden hadden gepraat. Hij viel in onze armen en fluisterde 'Niet tegen je moeder zeggen hoor. Jullie zijn een braaf meisje.' Ik weet zeker dat hij mij bedoelde.

In die tijd zat pappa steeds vaker in de toren. Hij beweerde dat hij er werkte, maar we zagen hem nooit iets doen. Hij vertrok 's ochtends stilletjes en begon na verloop van tijd lawaai te maken. Hij zong en riep onverstaanbare kreten. Marrit noch ik ging naar boven. Ik omdat ik niet durfde, Marrit omdat 'hij toch stom was'. Marrit hield er niet van als pappa op haar leunde, onderweg, terug naar ons huisje. Ik koos voor alle aandacht die ik kon krijgen en hing hele dagen onder de toren rond. Hoe kon ik dat vergeten? Ik vroeg hem een keer naar de lijken, maar die had hij allemaal weggejaagd, zei hij. Ik geloofde hem niet, want lijken kunnen helemaal niet weg van de plek waar ze horen. Mijn vader was gewoon uitzonderlijk dapper.

Daarom onderging ik voor hem de toorn van mijn moeder die niet wilde dat ik 'partij' trok. Slapen in het bovenste stapelbed kon ik vanaf dat moment wel vergeten. Als pappa en ik na etenstijd binnen kwamen wankelen kregen we geen eten meer.

Marrit haatte mijn 'zustertjesgedrag'. 'Hij vindt mij gewoon liever,' legde ik haar uit. 'En hij vertelt mij de beste verhalen als we door het bos naar huis wandelen. Ik weet nu veel meer dan jij.'

'Verrader,' klonk het van boven uit het stapelbed.

Niet lang daarna verdween mijn olifant en pappa ook. 'Alleen baby's hebben een knuffel nodig,' zei Marrit vanuit haar bovenbed, ik schopte omhoog in de bedspanten.

Nu ik me pappa herinner ben ik minder bang. Met hernieuwde kracht schuifel ik over de zolder. Ik vind geen teken van Marrit, wel eindeloos veel ijzerdraad. Ik herken het van vroeger; ze spanden dat als omheining tegen ongewenste vakantiegangers. Tegenwoordig is het ijzerdraad vervangen door hoge plastic hekken.

Ik pak een aantal losse stukken draad en buig en vouw die tot een harnas dat ik om me heen kan gespen. Het gaat verrassend makkelijk. Wat ik precies probeer besef ik pas als ik mijn grootste vondst doe; een zak vol veren. Ze lijken op de veren die we vroeger verzamelden, maar ze voelen sterker en groter. Misschien zaten er toch stropers in deze toren.

Nog één nacht, besluit ik. Morgen trek ik verder.

Aan het einde van de zomer kwamen de tekenwedstrijden van de vakantiehuisjes weer, maar daar dacht niemand aan, behalve ik. We speelden ook stiller dan normaal, zeiden de hele tijd 'ssst' tegen elkaar.

Pappa dronk tegen die tijd meer dan ooit, de berg lege flesjes naast de brandstapel groeide sneller dan we ze in de bolderkar naar de kleine bakker in het dorp konden brengen. Hij dronk ook niet meer alleen in de toren, maar eigenlijk altijd, overal.

Het wegbrengen van bierflesjes kon in de terreinwinkel ook, maar onze moeder wilde niet dat we daar vrijwel dagelijks kwamen aanzetten. 'Wat moet de buurt daar wel van denken.' Alsof ze niets dachten als we met onze bolderkar voorbij rinkelden.

'Het maakt toch niet uit wat ze vinden,' probeerde ik. Ik

vond het niet erg dat pappa dronk, hij werd er liever van. Erger vond ik dat hij nauwelijks meer sprak. Hij voegde zich
steeds later in de vakantie bij ons en leek dan grauw en uit-
geput. De plop van het eerste bierflesje was vaak het enige
geluid dat hij maakte.

30

Er valt zonlicht door het stoffige raam als ik wakker word. Ik heb vlak bij de cirkel bierflesjes geslapen. Ik grijp mijn tassen en klim langs mijn olifanten naar beneden. Als het geheim hier niet ligt, dan moet het wel bij de vakantiehuisjes zijn. De koele zon straalt tegen de tijd dat ik bij de huisjes arriveer. Ik kom binnen door de achteringang; een houten hek dat bos van vakantieterrein scheidt. Het is de snelste weg naar ons vroegere huisje en daar loop ik dan ook naartoe. Bij de houtstapel op de veranda laat ik me op de grond zakken om na te denken. De deur zit, zoals te verwachten viel, op slot. In het huisje logeert niemand. Op het hele terrein trouwens niet, ik zie tenminste nergens een teken van leven.

In mijn hoofd klinkt een harde krak en ik zie mij en Marrit hand in hand het bos in vluchten. Zij is een jaar of twaalf en draagt haar witte jurk die haar eigenlijk al te klein is. Op haar rug heeft ze haar onafscheidelijke rugzak met haar 'kistje'. Daar zitten al haar 'belangrijke papieren' in.

Ik heb alleen mijn pyjama aan en druk zoals altijd mijn olifant tegen me aan. Dicht tegen elkaar zitten we op het betonnen platform van de uitkijktoren. We hebben er wat dekens liggen om op te picknicken, maar die blijken vol beesten en schimmel te zitten. Marrit beschijnt ze met onze zaklamp en op dat moment ontdekken we onder de dekens een halfdode vogel. Op slag vergeten we de kou en veranderen in verpleegsters. Fluisterend hangen we boven het zenuwachtige dier, een kauwtje. We noemen hem Vogelman.

'Als hij blijft leven,' zegt Marrit, 'wordt pappa weer normaal en blijven ze bij elkaar.'

Ik knik ernstig.

'We moeten waken,' zegt Marrit en knielt naast Vogelman. Ik kniel aan de andere kant en we houden onze handen in de bidstand. Marrit heeft iets met bidden, dat komt natuurlijk omdat onze moeder het ook doet, stiekem.

'Bidden is liefde geven,' verklaart Marrit, 'en dat is iets heel anders dan slijmen bij je vader.' Ik krijg een por. 'Het moet écht zijn.'

'Echt?'

'Echt echt echt.'

'Ik ben toch echt?' zeg ik.

'Jij begrijpt het niet,' zegt Marrit.

Vogelman ligt in onze zorgzame handen te sidderen. Ik vermoed dat hij het koud heeft, want ik bevries ook bijna, de kilte van de grond is in mijn knieën getrokken. Ik weet niet goed wat ik moet bidden en bid dus alsmaar: 'Word beter, word beter, word beter.'

Mijn pyjama houdt nauwelijks kou tegen, maar Marrit wil nog niet opstaan. Ik ril net zo erg als de vogel tegen de tijd dat ze is uitgebeden. Dan haalt ze plechtig haar kistje tevoorschijn en pakt er met de grootst mogelijke voorzichtigheid een paar blaadjes uit, die ze in haar onderbroek schuift. Haar jurk heeft geen zakken.

'Je pyjamajasje,' sist Marrit. 'Een offer,' sist ze, met een veelbetekenende knik naar haar veel grotere bijdrage. Ik trek mijn jasje uit en zit nu met bloot bovenlijf vol kippenvel. Marrit propt de stof in het kistje. Veel te groot natuurlijk, het jasje hangt er aan alle kanten overheen.

'We moeten Vogelman stevig aanduwen,' fluistert Marrit, 'anders blijft hij niet zitten.' Gelukkig fladdert hij maar een klein beetje als ik hem optil. Want ik mag hem optillen van Marrit, terwijl zij het kistje vasthoudt. 'Ik wil geloven dat je het waard bent,' zegt ze en duwt het kistje met vogel en al in mijn handen.

Regende het destijds? Ik herinner me vooral de nachtkou van de late zomer met net zulk onvoorspelbaar weer als nu, vlak voor het begin van de lente. Ik laat mijn vinger langs het hout van de houtstapel glijden, teken een olifant en sta dan stijfjes op. De veranda van het huis is begroeid met glad mos. Blijkbaar wordt het hier niet erg onderhouden. Ik snuif de lucht van nat hout en een vleugje dood, maar misschien is dat herinnering.

Vogelman. Zijn lijfje plakte toen ik het optilde. Zijn ene poot trapte een beetje, maar niet hard. Hij paste niet in de doos, zelfs na aanduwen hing zijn ene vleugel uitgespreid over de badjas. Een waaier van veren.

Zo snel als we konden renden we door het bos. Marrit was mijn gids. Ze riep steeds 'Tak!' of 'Kuil!', ik probeerde daar zo goed mogelijk op te reageren. Maar de echte reden dat ik overeind bleef, was dat ik me had voorgenomen Vogel man niet te laten vallen. Ik zou mijn zus niet teleurstellen.

Bij het huisje stonden onze ouders met boze rode ogen op ons te wachten. 'Vies beest!' en 'Waar zijn je kleren?' riepen ze in koor. Pappa greep Marrit bij één arm en mij bij de andere. Hij was grauwer dan ooit. We moesten smeken en huilen om Vogelman mee naar ons stapelbed te krijgen.

Toen we eenmaal waren opgewarmd en schoongewreven en ik een nieuwe pyjama aanhad, kropen Marrit en ik in ons bed en gingen onze ouders aan tafel zitten met een nieuwe fles wijn. Ze probeerden niet meer zo hard te praten, maar je kon horen dat ze geen vrienden waren. De stemmen van mijn ouders golfden over ons heen, als de zee.

'Nu moeten we wakker blijven,' fluisterde Marrit boven mijn hoofd, 'ik hou de eerste wacht.'

Ik sliep meteen. Het was helemaal stil in het huisje toen Marrit in mijn arm kneep en fluisterde: 'Jij bent.' Als een schim stond ze naast mijn bed, het kistje in haar handen. Ik reikte naar mijn zaklamp, maar Marrit onderbrak me: 'Hij slaapt nu. Ik heb hem al mijn liefde gegeven, daarom voelt hij zich al een stuk beter. Als jij hem nu ook al jouw liefde geeft, komt het goed.'

Ze legde het kistje naast mijn hoofdkussen. De vleugel van Vogelman hing nog steeds over de rand, ik aaide erover. Hij werd er niet wakker van.

Mijn zus klom terug in bed en ik hoorde haar diep zuchten. Ze sliep meteen.

Ik aaide Vogelman en bad: 'Word beter, word beter, word beter.' Toen hoorde ik een ander geluid. Ik zag dat pappa rechtop op de bank zat. Daar sliep hij soms als mijn ouders samen wijn hadden gedronken. Hij had niet gemerkt dat we wakker waren, want hij huilde hoog en schokkerig. Zo huilde ik als mijn tranen op waren en ik toch niet kon stoppen. Mijn vader had ik nog nooit zo horen huilen.

Pappa! dacht ik steeds, maar ik durfde niet naar hem toe omdat ik al mijn liefde al naar Vogelman moest sturen. Hij zat daar zo raar, zo stijf, net alsof hij pappa niet was. Ik luisterde naar de hese uithalen en drukte het kistje tegen me aan. 'Liefde, liefde, liefde' veranderde ik mijn gebed, in snelle series van drie om zoveel mogelijk liefde in de tijd te proppen. Pappa schokte nog steeds toen ik ten slotte vol twijfel mijn hoofd onder mijn kussen verstopte.

Het eerste wat ik die ochtend vanuit het stapelbed zag, waren de belangrijke papieren van Marrit, die onder de stoel naast het bed op de grond lagen. Als ik mijn arm flink strekte kon ik net de papieren grijpen. Het moest natuurlijk heel stil gebeuren, want de aan elkaar verbonden houten bedden waren gammel, waardoor Marrit altijd heel snel wakker werd.

Na een paar minuten zo hevig rekken dat mijn arm verkrampte, had ik de papieren tussen het puntje van mijn wijs- en middelvinger. Mijn buik zwol van verwachting, want nu had ik ze toch bijna in handen. Heel voorzichtig veegde ik ze mijn kant op, en toen zag ik wat het waren: poëzieplaatjes met gouden glittertjes. Niks geen met bloed ondertekende contracten die Marrit naar eigen zeggen in het diepste geheim met haar allerbeste vriendinnen sloot. Zonder me te vertellen wat er in die contracten stond, uiteraard.

Ik liet ze weer vallen, diep teleurgesteld. Poëzieplaatjes mochten op school dan veel waard zijn, het waren geen contracten, zoveel wist ik wel.

Ik nam me voor mijn zus nooit meer te geloven.

Gelukkig had Vogelman niets gemerkt van mijn teleurstelling. Hij lag stil te slapen. Misschien was hij al bijna beter. Ik liet me weer onder de dekens glijden.

En toen begon Marrit te krijsen.

'Hij is dóód,' jankte ze, 'jij hebt niet gewaakt en nu is hij dood en nu gaan ze uit elkaar!'

Ik gilde toen ze me een pets in mijn gezicht gaf. Pappa sprong geschrokken van de bank, uit de slaapkamer kwam mijn moeder aanstormen, met losse haren en heel veel moeheidsstrepen op haar gezicht.

31

Het wordt tijd om de beheerder te zoeken. Ik loop naar de receptie, na al die jaren weet ik nog precies waar die is, en ik herinner me ook tot in detail hoe het houten gebouw eruitziet, dat had ik niet verwacht. Ik aarzel even en loop dan het pad af naar de ingang van het zwembad, vlak naast de receptie. Daar vind ik, zoals ik me al herinnerde, een buitenkraan, ze hebben het water niet afgesloten.

Naast de kraan staat meer goed nieuws; een zoemende automaat waar ik twee wit uitgeslagen Marsen uit weet te bevrijden. Ik zou er nog een kunnen kopen maar dan moet ik mijn twee vijftig-centmuntstukken aanspreken en dat wil ik niet, zolang ik nog kan bellen is er een wereld die op me wacht.

Kauwend op de chocola loop ik terug langs de receptie en klop toch even op de afgebladderde deur, zinloos natuurlijk. Op het mededelingenbord onderscheid ik vergeelde, handgemaakte flyers met lang voorbije 'fancy fairs'. Opnieuw laat ik me op de grond zakken. Ik teken een olifant op het verweerde hout.

Dan zie ik een ander papier, dat blijkbaar op de grond is gevallen. 'Wegens verbouwing gesloten' staat er vet. In de kleinere letters een verhaal over de 'ingrijpende veranderingen, nieuwe huisjes en nieuwe fundamenten'. Ik kijk nog eens om me heen. Ik moet voor de verbouwing bij de huisjes zien te komen anders is het geheim van Marrit, hoe stom ook, straks voorgoed verdwenen.

Vogelman werd door mijn zus en mijn moeder begraven. Ik mocht er niet bij zijn, want ik was een moordenaar. Mijn moeder keek me niet aan toen ze samen met Marrit naar buiten ging en de deur dichtdraaide. Pappa lag starend op de bank. Ik wilde niets liever dan op zijn schoot zitten, maar de blik in zijn ogen maakte dat ik niet durfde. 'Pappa? Pap? Dodo hier,' zei ik een paar keer. Geen reactie.

Toen ze terugkwamen, wilde Marrit me niet vertellen waar Vogelman begraven lag. Dus begon ik haar te knijpen en werd het huisje uitgezet. Urenlang schepte ik koppig met een strandschep alle losse grond rond het huisje weg, tot mijn moeder me aan mijn oor naar binnen trok en siste: 'Als je zo doorgaat mogen we hier nooit meer komen!'

Toen de avond viel heerste er een koude oorlog tussen Marrit en mij, pappa lag nog steeds op de bank, een hoopje bierflesjes naast hem. Mijn moeder huppelde met een rood hoofd om de twee gaspitten die ons huis rijk was. 'Het laatste avondmaal,' giechelde ze de hele tijd en nam alsmaar slokjes sherry.

Pappa vertrok de dag erna. Helemaal wit was hij en in mijn herinnering was het niet gestopt met regenen. Hij omhelsde eerst mijn moeder stijfjes en daarna greep hij Marrit vast en fluisterde iets in haar oor waar ze om grinnikte. Toen mocht ik. 'Berengreep,' fluisterde ik en hij kneep me vast en tilde me op. 'Jij bent het beste wat me ooit is overkomen,' fluisterde hij. Ik probeerde er net zo tinkelend om te lachen als mijn zus, maar hij had alle lucht uit mijn longen geperst.

Plechtig zwaaiden Marrit en ik hem uit, op de drempel van het vakantiehuisje, met ellebogen in elkaars zij porrend voor de beste plek. Marrit mocht niet naar buiten want ze was verkouden geworden. En ik durfde niet.

Pappa had een koffertje in zijn hand en zijn nette jas over zijn arm. Alsof hij gewoon naar zijn werk ging.

Ik bestudeer mijn net getekende olifant naast het mededelingenbord en besef dat ik niet meer weet wat ik moet doen. Ik kom hier om Marrit te zoeken maar ze is er niet. Ik voel me belachelijk maar ik kan nog niet weg want als ik nu ga, kan ik ook niet naar Herman. Als ik nu ga, moet ik met lege handen terug naar de flat.

Dus eet ik mijn laatste Mars op en wacht. Als het donker wordt, rijdt een enorme Range Rover het terrein op. Er stapt een oud mannetje uit dat me achterdochtig opneemt. Nog voor hij bij me is, verklaar ik dat ik nummer twaalf wil huren. Hij begint te vertellen over de verbouwing en geen plek, maar zwijgt als ik zeg dat het voor twee dagen is en ik honderd euro uit mijn zak trek. 'En ik heb ook dit,' zeg ik, en zwaai met mijn gouden creditcard.

'Ik zal de hoofdgeiser aansteken,' zegt hij ten slotte met het geld in zijn vuist. 'Het huisje is niet gelucht hoor.'

'Het lijkt me luchtig genoeg.'

Hij lacht niet.

'Waar zijn de werkmannen?' vraag ik terwijl hij de deur van de receptie opent.

Weer dat schouderophalen. 'De aannemer is van het dak gevallen, op zijn verjaardag nog wel.'

Daar moet ik hard om lachen. 'Ik hou wel van een goeie grap,' zeg ik, hij lacht alweer niet.

Ik zeg dat ik wat dekens zeer op prijs zou stellen en als het kan ook wat te eten. Eten heeft hij niet, dekens kan ik wel krijgen. De man stommelt langs me heen de receptie binnen en komt een paar ongemakkelijke minuten later terug met zijn armen vol dekens. Ik overhandig hem mijn geld en dan mag ik de sleutel van nummer 12 in ontvangst nemen. Ik voel zijn ogen in mijn rug als ik bedolven onder dekens wegloop naar het huisje.

Het slot gaat met precies hetzelfde schurende geluid open als ik me van vroeger herinner.

Door de zware gordijnen is het pikdonker binnen en voor de zekerheid roep ik 'Volk?' en wacht even, alsof ik verwacht het gegiechel van Marrit te zullen horen, of een kuchje van pappa. In het donker kan ik mijn hele familie aan tafel zien zitten.

De lichtknop is een koord achter de opengeslagen deur, ik weet het weer. Een koord waar keihard aan gerukt moet worden. Dan gloeit traag een spaarlamp aan en zie ik in één oogopslag dat alles nog hetzelfde is. Het ruikt zelfs hetzelfde; naar hout, etensresten en de lijfgeur van een eindeloze stoet vakantiegasten. Op de vloer ligt een zeil met scheuren van ouderdom. Als ik de gordijnen openschuif valt er een laatste rest licht binnen.

Achter in een keukenkast vind ik een halfvergaan theezakje, in de waterkoker past op de kalk nog een heel klein beetje water. Er is een open haard met een bijltje en lucifers en achter het huis heb ik de houtstapel al gevonden.

Ik heb zin in vuur. Zorgvuldig plaats ik het hout in de open haard en steek het in de fik, het huisje vult zich met rook. Zodra ik warm ben word ik moe.

Het kinderbed in de hoek zal zeker instorten als ik mijn lijf erop neerwerp. Op de bank? Dat is de plek waar pappa voor het laatst heeft geslapen. Wat overblijft is de slaapkamer van mijn ouders.

Na een slok van de ondrinkbare thee, loop ik de slaapkamer binnen, vervuld van het gevoel dat ik iets doe wat niet mag. Ik trek een bundel dekens over me heen en val in een diepe en droomloze slaap.

De lucht is helder als ik wakker word. Ik vind naast het hok met de aftandse plee een tweede, veel schoner hok, met daarin een splinternieuwe douche. Er stroomt zelfs met een zekere kracht warm water uit. Shampoo zou handig zijn, mijn haren hebben al bijna het dreadlockstadium bereikt. Hoopvol onderzoek ik de douchecel op een vergeten kam, maar zonder succes.

Na afloop pak ik bij gebrek aan beter wat theedoeken uit het keukenkastje en droog me daarmee af. Tijdens het afdrogen doe ik vliegoefeningen. Ik strek mijn handen en wapper zo hard mogelijk, terwijl ik op en neer spring. Na vier keer springen maak ik een pirouette en precies op dat moment zie ik een stomverbaasd hoofd. Het is de oude man, zijn hand gestokt in het raamkloppen. Omdat de theedoeken geen dekking bieden, duik ik achter de bank.

Pas na een minuut of drie durf ik te kijken. Hij heeft zich uit de voeten gemaakt. Ik haast me naar de slaapkamer en graai mijn kleren bij elkaar.

Een half uur later begeef ik me naar de receptie. De deur staat open en ik zie de rug van de man. Hij zit voor een computer. Als hij zich omdraait zie ik dat hij patience speelt. Hij schraapt een tijdje zijn keel voor hij zijn verhaal kan doen. Ik doe mijn best niet steeds te giechelen.

'Aangezien ik geen auto zag, besloot ik voor één keer een uitzondering te maken.' Hij haalt een kartonnen doos met thee, koffie, brood en jam tevoorschijn. 'Het kost wel geld natuurlijk,' vervolgt hij snel als ik mijn hand gretig naar de spullen uitsteek.

'Zet maar op de rekening,' grap ik, ik trek ter plekke een boterham uit de broodzak. Ik bedank de man die me nog steeds bedenkelijk aanstaart en loop met de doos terug naar het huisje. Dan ga ik naar de houtstapel om een nieuwe voorraad te halen. Met de bijl splijt ik wat stronken tot aanmaakhout. Ik maak nieuw vuur dat het huisje tot sauna omtovert, want de kou zit diep in mijn botten. Ik hoef alleen maar te fantaseren dat iedereen even een wandelingetje is gaan maken.

Ik doorzoek het huisje. Met een takje pook ik door de gaten in het zeil. Ik tik tegen de muren voor geheime verstopplekken, ik maak het stapelbed los van de wand, waardoor het bijna uit elkaar valt. Ik vind niets dan stof, spinnen en uitgedroogde pissebedden. Later vind ik een kindersok en een rottende krant. Ik houd middagpauze; ik zit aan tafel en doe niks. Daarna zoek ik verder. Ik kruip op handen en knieën door de ruimte, mijn neus dicht bij de grond, vol stof. Het doet me denken aan die andere keer dat ik zo dicht bij de grond zat, eeuwen geleden. Ik ontdek dat het bruingele zeil oorspronkelijk grijswit was.

Uiteindelijk grijp ik een scheur en trek eraan. Een hele plak zeil breekt af en legt een houten, nog veel stoffiger vloer bloot. Het huisje ziet er al snel uit alsof de sloop is begonnen. Ik zet de plakken zeil overeind tegen de wanden. Hier ergens heeft Marrit mij opgesloten. Hier heb ik een hele dag onder de grond gezeten. Haat ik mijn zus? Nee. Je kan iemand die bij je hoort niet helemaal haten, voel ik. Alleen stukjes.

En uiteindelijk vind ik, direct rechts van de deur, het luik. Mijn moeder had gelijk; het is nauwelijks te zien en je hoeft de tafel maar een klein stukje te verschuiven om hem erop klem te zetten. Ik pauzeer even. Ik kan het me al bijna herinneren. Mijn handen trillen.

Als ik voldoende moed heb gevonden pulk ik de planken los, zink op mijn buik en steek mijn hoofd door het gat. Ik ruik spinrag en aarde, hier past precies een klein meisje in. Eerst blokkeer ik met mijn lichaam de inval van het licht, maar als ik opzij schuif is het niet langer mogelijk niets te zien. In een hoek ligt het kistje. Ik heb het gevonden. Krak. Dit is het moment, ik adem sneller. Ik ben Marrit genaderd, sta op het punt haar geheim te ontrafelen. Krak.

Ik zie haar weer voor me, rennend met die vlieger, mijn grote zus. Misschien was zij ook alleen maar een nijlpaard omdat pappa dat zo graag wilde.

Er vallen strepen licht op het kistje. Uren heb ik tijdens mijn gevangenschap naar dat licht gekeken. 'Dapper zijn is niet bewegen, alles zien en zwijgen,' fluisterde Marrit, 'dit is een test.' Ik wilde haar bewijzen dat ik dat kon, keer op keer, als het moest. Dat ik misschien niet in bomen kon klimmen, maar dát wel. Stilzitten en zwijgen. Altijd.

Ik haal het kistje naar me toe. Heel voorzichtig til ik het omhoog, het hout is bijna vergaan door het ondergrondse vocht. Ik blaas er wat stof af, zo teder mogelijk. Het sleuteltje zit er nog in, maar ik hoeft het niet om te draaien; het deksel laat vanzelf los. Krak.

Marrit en haar Kistje. 'Die poëzieplaatjes waren om jou op de proef te stellen, Dodo. Je had alleen maar aan Vogelman mogen denken.'

Het eerste wat ik zie zijn vlokken. De hele doos is ermee gevuld. Dan herken ik een groot, half vergaan flapoor. En daarna, nadat ik mijn walging heb overwonnen en met een zoekende hand sectie verricht, ontdek ik onderin een kaartje. Het kinderhandschrift van Marrit. Ze heeft haar ballpoint diep in het papier gedrukt.

Lieve Veer. Ik heb olifant verstopt omdat jij Vogelman hebt vermoord. Dus is het jouw schuld dat pappa weg is. Pappa zegt dat we zuinig moeten zijn op waar we van houden en dat ben jij niet. In mijn kistje is hij veilig. Tenminste, dat hoop ik. Kus van je zus.

32

Ik protesteer zwakjes als de oude man ten slotte met de bolderkar komt aanlopen om me bij het huisje weg te trekken.
Ik kan niet meer lopen omdat ik te duizelig ben en zijn auto
past niet tussen de bomen door.

'Te zot voor woorden,' zegt hij en moppert dat hij het meteen al had gezien, zo'n stadsmeisje, en dan ook nog zijn
huisje vernielen. 'Het wordt toch verbouwd,' wil ik tegenwer-
pen, maar er komt geen geluid uit mij. Mijn hoofd bonkt on-
zacht tegen de rand bij elke hobbel die we voorbij bolderen.

Ik houd me vast aan mijn tassen. In een ervan zit, verstopt onder de veren uit de uitkijktoren, een olifantenoor en
een briefje. De resten van het kistje heb ik in het gat achtergelaten.

'Kun je opstaan?' vraagt de man, het trekken valt hem
blijkbaar zwaar, hoewel ik me gewichtloos voel. Ik geef geen
antwoord. Bij de receptie kom ik slechts met zijn hulp de
kar uit.

'Kun je ergens heen?' vraagt de man als ik voor hem sta
te wankelen. 'Wil je een lift?' voegt hij er met tegenzin aan
toe. Hij kijkt niet meer alleen boos, zie ik, hij kijkt ook bezorgd. Ik knik. Ik weet wel een plek waar ik heen wil.

Er zit geen naambordje naast de bel, wel hangen er blauwe
gordijnen met bloemen voor de ramen, door het matglas

naast de deur zie ik een eenzame cowboylaars. Ik loop moeizaam omdat het harnas van ijzerdraad en veren in mijn schouders drukt, maar ik heb geen haast. In mijn hand heb ik de badeend die ik altijd in mijn tas heb zitten. Dat zal Herman grappig vinden. In mijn andere hand heb ik mijn stift. Voordat ik hem indruk teken ik zorgvuldig een olifant naast de bel. De deurpost is alvast gemerkt. De bel schalt door de hal. Een volwassen belgeluid, echt rinkelend, niet de hinderlijke zoem van onze flat. Ik druk nog eens, puur voor het gehoor. Dit is dus onze nieuwe bel.

Sloffende voeten. Er komt een silhouet dat steeds duidelijker niet Herman is. Ik verstijf. Ze is nu bijna bij de deur, haar hand grijpt de deurknop, maar voor ze die kan opendoen storm ik het tuinpad al af.

Zo snel als ik kan ren ik langs de achtertuinen. Er zit een sloot tussen. Het begint te miezeren en donkerder te worden. Ik probeer streng te zijn tegen mijn verwarring. Niet meteen conclusies trekken, eerst observeren.

'Koppen op,' zing ik om mijn gedachten te overstemmen en tel welke tuin bij Herman hoort. Ik zie een groot raam en een stuk eettafel, dat moet het zijn.

Ik laat me tegen een dunne boom aan zakken en haal diep adem. Misschien bedoelde de vrouw van de badwinkel het huis ernaast, heb ik bij het verkeerde huis aangebeld. Dat zou alles verklaren.

Na een tijdje worden hier en daar lichten aangeknipt. Opeens zie ik het meisje van de deurbel langs het raam bij de eettafel lopen. Ze heeft een lach op haar gezicht, alsof iemand net iets leuks heeft gezegd. Ik schrik als ze uit het raam kijkt. Maar ze kan me niet zien. Ik zit in het donker, zij staat in het licht. Nu pas valt me het schilderij op dat achter haar in de kamer hangt. Een heel dunne, bijna doorzichtige vrouw die naar de zee staart. Het meisje lijkt op die vrouw, hetzelfde dunne, hetzelfde lange, zoals Marrit, ze lijkt op Marrit.

Ik beweeg niet. Het meisje is blijven staan, knijpt haar ogen tot spleetjes. Ze zegt iets, naar iemand achter haar in de kamer. Iemand nadert het meisje. Ik kan niet stoppen met kijken. Hoe kan ze me zien, hoe weet ze dat ik die duistere schim in het kreupelhout ben? Een groot sterk lijf verschijnt voor het raam, met grote handen vol blonde haartjes. Handen die om haar middel glijden. De rechterhand kruipt nu omhoog langs haar arm, een litteken bij de pink van die ene keer op het strand, toen hij in een kapot bierflesje greep. Het meisje wijst in mijn richting. Ik doe mijn ogen dicht.

Daar gaat pappa, voor de laatste keer op weg naar zijn werk. Ik wijs hem na. Met een kleine vinger, die een beetje dag zwaait, maar vooral wijst, hem nawijst. Waarom doet niemand iets om hem tegen te houden? Ik kijk opzij naar mijn zus en ze huilt. Ze vraagt aan mijn moeder of het haar schuld is. Maar mijn moeder zegt: 'Het is beter zo.' Vogelman is dood en pappa vertrekt en het is beter zo.

Ik zet het op een lopen. Weg van de nieuwbouwhuizen, terug in de richting van het bos. Alsof ik de tijd nog kan inhalen. Alsof ik niet al dagen te laat ben. Ik val, sta op, val weer. Ik ren. Alles aan mij rent. Misschien zit hij nog bij de uitkijktoren op me te wachten, als ik hard genoeg ga. Misschien wrijft hij door zijn stoppelbaard en zegt nog een keer: 'Dodo, liefje, jij bent het beste wat mij ooit is overkomen.' Misschien kan ik hem nog tegenhouden voor hij die ene ochtend na de begrafenis van Vogelman het pad van het vakantiehuisje afsnelt, voorovergebogen tegen de regen in. Misschien als ik Marrit om hulp vraag kunnen de superzusjes hem stoppen.

Ik ren, ik val, ik ren harder.

'Pappa!' gil ik zo hard mogelijk, want er is nogal wat tijd te overbruggen, 'wacht op mij!'

Het is niet moeilijk om terug te keren naar het bos, de eerste auto die ik aanhoud rijdt in die richting. Mijn spullen mogen op de achterbank, de man gooit ze zwijgend naar binnen. Ik ben blij dat hij niks vraagt.

Bij de laatste tramhalte vlak bij het begin van het vakantiebos word ik afgezet en daar bel ik Simeon vanuit de telefooncel.

Na één keer overgaan neemt hij op. 'Waar ben je?'

'Hoe is het met de flat?' vraag ik.

'Die is nogal leeg. Ik heb Echie eten gegeven.'

'En de overstroming?'

'Welke overstroming?'

Ik zwijg.

'Waar ben je, Riet?' vraagt hij nog eens.

'Ik moet nog dag zeggen tegen Marrit,' zeg ik.

Hij lacht. 'Freak,' zegt hij. Het is geen blij lachje.

'Je begrijpt toch wel dat wij geen relatie met elkaar kunnen hebben?' zeg ik, 'ik ben Marrit niet.'

'Nee,' zegt Simeon, 'je bent Riet. Dat weet ik wel. Dat vind ik ook goed.'

'Ik heet geen Riet, ik heet Dodo.'

Ik kijk naar mijn koude vingers die in de hoorn knijpen. De telefoon geeft een signaal, ik heb nog vijftig cent, maar ik stop ze er niet in. Het gesprek is bijna afgelopen.

'Maar hoe moet het dan verder met jou?' vraagt Simeon.

Ik lach. 'Ik ga een huis bouwen,' zeg ik.

De telefoon klikt. Ik ben weer alleen.

Ik sta voor de toren met al mijn tassen. Ik begin omhoog te klimmen. Het is een stuk lichter dan de vorige keer, de lente komt eraan. Eenmaal bij het luik aarzel ik maar heel even voor ik het openkiep. Ik loop snel over de vuile verdieping, het matras ligt nog waar het lag, de bierflesjes staan nog in een kring, de vuilniszakken vormen nog steeds kleine bergjes. Ik pak een bierflesje en klauter verder.

Op het dak waait het, net als de vorige keer. Ik leg mijn spullen neer en haal wat papiertjes uit mijn tas. Het lukt bijna niet om het harnas weer uit de tas te krijgen, ik weet niet of er nog genoeg veren aan zitten.

Ik spetter het restje bier in de wind en zeg: 'Amen.' Dat moet Marrit toch tevreden stellen.

Dan grijp ik de pen.

Ik schrijf in hanige hoofdletters 'VAAR WEL HER MAN' op het eerste papiertje en vouw er dan, vechtend met de wind, een vliegtuigje van. 'Dag Marrit,' schrijf ik op het volgende papiertje en dan, als laatste, 'dag Vogelman, dag Pappa, dag Olifant.' Het lijkt me een goed idee, om pappa te omringen met knuffeldieren, nu ik hem niet meer kan inhalen. Ik vouw er vliegtuigjes van, bekijk ze, trek op het laatst die van Marrit weer open. Ik kras haar naam door en schrijf 'Superzus'.

Ik gooi de vliegtuigjes een voor een weg. Ze warrelen een beetje vooruit, een keert zelfs half om en valt dan loodrecht naar beneden. Dat had ik beter moeten voorbereiden, maar er is geen zus meer voor de goede ideeën. Ik denk aan de badeend en gooi die er ook achteraan. Het plastic beest komt nog verder dan de vliegtuigjes. Ik stel me een eenzame wandelaar voor die uit het niets een badeend op zijn hoofd krijgt. Ik glimlach.

'Nu is het klaar,' zeg ik en maak een teken in de lucht.

Ik kijk naar boven, voorbij de bomen. Een van mijn vleugels kraakt in de wind. Het waait nog steeds. Het ruikt nog steeds naar vakantiebos.

Ik voel geen verschil.

Eenmaal beneden loop ik weg van de uitkijktoren. Voorzichtig, om niet aan boomtakken te blijven haken.

Dan kom ik weer bij de telefooncel.

Ik wil naar binnen stappen maar dat gaat niet omdat het frame te ver naar buiten buigt.

Ik gesp, heel langzaam, mijn vleugels los en hang ze in een struik.

Ze deinen een beetje, het ziet er mooi uit, als iets wat voorbij is.

Ik zie pappa door het bos rennen met precies dezelfde vleugels. We hebben ze met zijn drieën gemaakt en we zijn er trots op. 'Ik vlieg al bijna!' roept hij en Marrit en ik flapperen met onze handen en gillen ook. Zelfs onze moeder glimlacht als ze ons voorbij ziet rennen – en zij glimlachte bijna nooit.

Ik gooi mijn geld in de telefoon en draai het nummer.

'Dit is de voicemail van Marrit en Agaath (waf waf) we zijn er niet want we hebben het druk, doei!'

'Ik wou je stem horen,' zeg ik, 'om hem niet te vergeten.' Ik ben even stil en luister naar het ruisen van de lijn. Mijn handen zijn warm, eindelijk. En mijn voeten ook. Ik voel tranen in mijn ogen en haal diep adem. 'Ik mis je Marrit. Wie moet jou nou redden? En wie mij?' Die zinnen klinken raar, maar ze begrijpt het vast wel. Ik adem uit, hoor het sissen in de hoorn. Dan zie ik iets waar ik om moet grinniken. Vlak naast de telefoon is een olifant getekend. Mijn olifant. Als ik langs de oren door het raam naar buiten kijk, is het net alsof hij met zijn poten in de lucht zweeft.

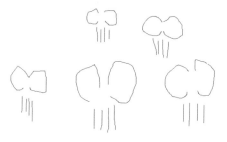

Met dank aan:
Alfred voor zijn zwier, Christoph voor zijn scherpe oog,
Claudia en Katrien voor het afhechten, Dokter Khan voor
het verifiëren van het kloppend hart, Edwin voor zijn liefde,
Erik voor het onvoorstelbare vermogen om van binnenuit te
kijken, Eva en Eva voor hun goede zorgen, Huda voor haar
badverhalen, Isabella voor de orde der dingen, Koffiehuis
Latei en café Scharrebier voor de geborgenheid, Lieke voor
het bevragen van mooie beelden, Liesbeth en Elemi voor
hun vakkennis, Liet voor altijd in zijn boomhut, Lonneke
voor het secuur onderstrepen, Maarten voor eerst, Marina
voor haar inspiratie, Marrit, Siem en Xander voor wie ze
zijn, Peter en Helbertijn voor het lezen, Roel voor zijn stre-
ven naar veel en goed, Sarah for listening, Tim voor zijn
bakkebaarden, Walter omdat hij schrijver is.

Jowi Schmitz, (Leiderdorp 1972) is schrijfster en (cultuur) journalist. Ze studeerde Culturele Studies aan de Universiteit van Amsterdam. Als journalist schreef ze jarenlang theaterrecensies voor *NRC Handelsblad*, waar ze nu nog steeds freelance voor werkt. Ook schreef ze voor TM/*Theatermaker*, de VPRO gids en was ze enige tijd redacteur bij Man bijt Hond van de NCRV. Ze is mededirecteur van MoreTXT, tekstbureau voor kunst en cultuur. In 2004 ontving ze een prestigieuze beurs van het Fonds voor de Podiumkunsten, waarmee ze werd toegelaten als fellow aan Columbia University in New York. Ze nam er zes maanden deel aan het Arts Journalism Program, bovendien schreef ze in metro's en Starbucksen haar debuutroman *Leopold*, die in 2005 bij uitgeverij Cossee verscheen. Ook publiceerde ze korte verhalen in *Tirade*, *Beyond* en diverse andere bladen.

Jowi Schmitz bij Uitgeverij Cossee

Leopold
Roman. gebonden, 192 blz.

Een nieuw talent met een hilarisch verhaal over liefde, andere lastige gevoelens en kuikentjes

Zijn wijn is op, zijn vrouw is dood, zijn dochter heeft hij weggejaagd. Al dagen zit Leopold alleen op zijn hoge terras in Mariflor naar het mooie uitzicht te staren. Somber is hij niet. Nadenken over gevoelens is iets voor zwakkelingen. Hij broedt op ideeën. Liever zou hij zich concentreren op belangrijker zaken. Tuinieren? Biggetjes houden? Maar zijn terras is van steen en varkens nemen veel ruimte in. Kippen? Dat is het! Kippen!

Dus spoedt Leopold zich naar de eierboer in het winkeltje op het plein, gevuld met huisvrouwen en boodschappentassen. Hij haat boodschappentassen, maar negeert de dames en legt met handen en voeten uit wat hij wil. De winkelier begrijpt hem meteen. Eenmaal buiten begint Leopold beheerst aan de tocht omhoog naar zijn huis. Hij moet de eieren warm houden! En hij zou met liefde voor zijn kippetjes zorgen. De warmte van deze gedachte laat hem de koude, zwijgende ruzie met zijn dochter bijna vergeten.

Leopold vertelt het verhaal van een wonderbaarlijk inventieve oude man, die toewijding en gevoelens lastig vindt, en zijn familie met een kippenhok verwart, omdat kip en kuiken zijn aandacht zonder aarzeling accepteren.

'Jowi Schmitz weet de lezer vanaf het begin het verhaal binnen te zuigen en de aandacht tot het einde vast te houden. (...) Een van de weinig veelbelovende debuten in de Nederlandse literatuur!!' – Ilse Marrevee in *Generation Now*

Meer informatie over Jowi Schmitz en
de boeken van uitgeverij Cossee vindt u op onze website
www.cossee.com
en op
www.jowischmitz.nl